Annemarie Schoenle

Die Luft ist wie Champagner

Sehr verehrte Leserin, sehr verehrter Leser,

unsere Welt wird immer schnelllebiger, unser Alltag immer hektischer. Gerade deshalb sind die schönen, unbeschwerten Momente, in denen wir innehalten und uns zurücklehnen, so kostbar.

Ich persönlich greife in solchen Momenten gerne zu einem guten Buch. Eine spannende und unterhaltsame Geschichte hilft mir, schnell abzuschalten. Beim Lesen vergesse ich die Sorgen des Alltags.

Doch manchmal ist es gar nicht so einfach, ein gutes Buch zu finden. Dabei gibt es so viele Autorinnen und Autoren, die mit ihren Geschichten die Leser in ihren Bann ziehen. Solche Highlights der Unterhaltungsliteratur bringt jetzt die vielseitige UNIVERSO-Taschenbuchreihe zusammen. Die von uns sorgfältig ausgewählten Bücher reichen von frechen Frauenromanen über spannende Krimis bis hin zu großen Liebesgeschichten und historischen Romanen.

Die kleine, aber feine UNIVERSO-Auswahl möchten wir gerne auch mit Ihnen teilen. Mir bleibt nur, Ihnen viel Spaß und Entspannung beim Lesen und Träumen zu wünschen.

Herzlichst
Ihr

S. Lapawa

Siegfried Lapawa
Verleger Karl Müller Verlag

Annemarie Schoenle

Die Luft ist wie Champagner

Charmante Geschichten

UNIVERSO

Über die Autorin

Die Romane Annemarie Schoenles werden millionenfach gelesen, zudem ist sie eine der begehrtesten Drehbuchautorinnen Deutschlands (u. a. Grimme-Preis). Sie ist Mutter einer erwachsenen Tochter und lebt mit ihrem Mann in der Nähe von München.

Genehmigte Lizenzausgabe
Karl Müller Verlag – SILAG Media AG,
Liebigstr. 1–9, 40764 Langenfeld

Titelbildgestaltung: Nicola Bernhart Feines Grafikdesign, München
unter Verwendung eines Bildmotivs von © chihhang – iStockphoto.com
Umschlaggestaltung: SILAG Media AG, 2014

PEFC zertifiziert
Dieses Produkt stammt aus nachhaltig bewirtschafteten Wäldern und kontrollierten Quellen
www.pefc.de
PEFC/32-31-039

Dieses Buch wurde auf Pamo Classic von Arctic Paper gedruckt.

ISBN-Nr. 978-3-95674-215-6
Printed in EU 2014

Ein prachtvoller Bursche

Schon als Christian die Wohnung betrat und seine Schlüssel energisch auf den Tisch warf, wusste er, dass nichts, aber auch gar nichts diesen unerfreulichen Tag erfreulicher machen würde. Schweigend hängte er seinen Mantel auf einen Bügel und sah die Post durch: das Finanzamt würde sich freuen, die Reparaturwerkstätte auch, und Tante Ada schrieb, dass es herrlich sei auf Ischia, da schon die Narzissen blühten und Frau von Wellersborn wieder die Suite neben ihr bewohne.

»Wo ist Susanne?« fragte er seine Frau, die geduldig neben ihm stand und so zierlich und mädchenhaft wirkte wie eh und je.

»Sie geht aus. Mit Thomas.«

Christians Gesicht verdüsterte sich. Wie immer, wenn ihm klar wurde, dass seine kleine Susi mit den Rattenschwänzchen und Zahnlücken zu einem ansehnlichen Stück Weib herangereift war, das stundenlang am Telefon kicherte, Puder im Waschbecken verstreute und die langen, blonden Haare in seiner Haarbürste vergaß, dräute es in seinem Inneren, und die Ahnung von Unwiederbringlichem legte sich schwer auf seine Brust.

»Geruht unsere Tochter auch irgendwann einmal zu Hause zu sein? Oder degradiert man uns allmählich zur luxusrenovierten Frühstückspension?«

»Wieso luxusrenoviert?« versuchte Doris

abzulenken.

»Haben wir nicht die niedlichen Dachstübchen ausbauen, eine Dusche installieren, Fliesen legen und die Wände mit teuren Tapeten bekleben lassen, nur damit Susanne einen würdigen Rahmen für ihr junges Dasein findet? Und wozu das alles, wenn ich fragen darf, da sie doch nie zu Hause ist, um zu genießen, was wir ihr beschert?« Christians Wortschatz wurde unermesslich blumig, wenn er sich ärgerte.

»So schlimm ist es doch gar nicht, mein Lieber.«

»Es ist schlimmer. Ein Klappbett im Gästezimmer hätte es auch getan, wenn du mich fragst.«

»Ich frage dich aber nicht.« Doris lächelte ihn an und setzte dann hinzu: »Sie ist eben verliebt.«

»Zum wievielten Male?«

»Sie will heiraten.«

»Was will sie?«

»Sie will heiraten.«

Der Druck auf Christians Brust wuchs. »Wen?«

»Thomas Heldmann.«

»Wer ist Thomas Heldmann?« fragte er mit flacher Stimme, obwohl er ganz genau wusste, wer der Kerl war. »Doch nicht dieser kleine Pickelige, der immer unaufgefordert in unser Wohnzimmer stürmt und uns erklärt, dass jeder über vierzig ein reaktionärer Schlaffi sei, der seine Fressleiste, sprich seinen Mund, nur mehr dazu verwende, sinnlos herumzulabern?« Christian lachte böse auf. »Oder vielleicht dieser große Blonde, der beim Kreuzworträtsel Luther für einen Popmusiker hielt und den laufend Kultur und Bildung verfolgen, ohne ihn je einzuholen?«

»Die beiden sind längst passé.«

»Ach! Sind sie das? Nun, dann wird es wohl dieser bärtige Riese sein, der mir ständig auf die Schultern klopft und ›Wird schon werden, alter Junge!‹ röhrt.«

»Das ist der Heizungsmonteur. Du hast ihn selbst gerufen, weil der Regler im Keller kaputt war, erinnerst du dich?»Doris Augen begannen zu glänzen. »Nein. Thomas ist ein netter junger Mann, angenehm, höflich und bescheiden. Er hängt als einziger seinen Mantel ordentlich auf einen Bügel, sagt ›Guten Tag‹, ohne Kaugummi zu kauen, und hat mir sogar schon einmal Blumen mitgebracht. Und obendrein ist er erfreulich ruhig und zurückhaltend.«

»Ach so! Du meinst den Stummen!«

»Er ist nicht stumm, er ist schüchtern. Was kein Wunder ist.« Doris Ton wurde spitz.

»Was soll das heißen?«

»Das soll heißen, dass du ihn fortwährend schändlich behandelst. Dabei versucht er immer, mit dir ins Gespräch zu kommen.«

»Er versucht nicht, mit mir ins Gespräch zu kommen. Er beschreitet Allgemeinplätze. ›Schönes Wetter heute‹, sagt er, obwohl es draußen wie aus Kübeln gießt. Oder: ›Die Börse ist wieder am Sinken.‹ So ein Schwachsinn. Was versteht der kleine Angestellte einer Elektrofirma schon von der Börse?«

»Ach! Ich dachte, du erinnerst dich gar nicht an ihn? «

»Schwach. Ich erinnere mich schwach. An einen Kerl, der mit roten Ohren an unserer offenen Wohnzimmertür vorbeischleicht, die Treppen hinaufstolpert, um sie ein paar Stunden später mit dem gleichen ängstlichen Schritt wieder herunterzufallen. Er reicht zum Abschied eine feuchte Hand und lächelt so verlegen, als hätte er Susannchen inzwischen abgemurkst, oben, im kleinen Giebelzimmer. Dann wirft er sich in seinen schicken Sportwagen und braust davon, mit quietschenden Reifen und empörtem Motor. Die Hunde beginnen zu bellen, die neugierigen Nachbarn stehen hinter den Vorhängen, und auch der Schwerhörigste im Ort vermutet folgerichtig, dass der Liebhaber unserer Tochter die Stätte seiner ruchlosen Taten verlässt.«

»Dass er schweigsam ist, liegt an dir. Du knurrst sofort bösartig hinter deiner Zeitung hervor, wenn er kommt, um dich zu begrüßen. Dass er stolpert, wenn er die Treppen hinaufsteigt, ist ebenfalls deine Schuld. Denn dein starrer Blick bohrt sich in seinen Rücken, sodass ihm gar nichts anderes bleibt, als die Kontrolle über seine Gliedmaßen zu verlieren. Die feuchte Hand beim Abschied letztendlich ist der pure Angstschweiß. Und der Sportwagen gehört seinem Bruder. Er leiht ihn sich nur aus, um abends schneller bei Susanne sein zu können.«

»Wäre gar nicht nötig, diese Eile«, brummte Christian und wandte sich ab.

Am nächsten Morgen blinzelte eine schüchterne Frühlingssonne hinter zartgrauen Wolken hervor. Christian, erquickt durch einen angenehmen Traum, in dem Susannchen jedwedem Mann zuerst die kalte Schulter und dann die Tür gezeigt hatte, sprang vergnügt aus dem Bett. Von wegen Schlaffi, dachte er und grinste sein dunkelbärtiges Spiegelbild an.

»Dieser Thomas ...« Doris bestrich liebevoll eine Semmel mit Butter. »Er wird von seiner Elektrofirma zu einem kleinen Fortbildungskursus geschickt. Aber er hat Schwierigkeiten in den Fächern Mathematik und Physik.«

»Das dachte ich mir.« Christians Gemüt befiel sogleich Abscheu. Er war Ingenieur und betrachtete Menschen, die seine Vorliebe für naturwissenschaftliche Themen nicht teilten, mit äußerstem Misstrauen.

»Könntest du ihm ein wenig behilflich sein? Mit Nachhilfestunden?«

»Wie komme ich dazu, einem wildfremden Menschen Nachhilfestunden zu geben?«

»Er ist kein Wildfremder. Er ist dein zukünftiger Schwiegersohn.«

»Das sagst du.«

»Nein. Das sagt Susanne.«

»Wo ist sie überhaupt?«

»Beim Tennis. Ganz früh schon. Mit Thomas.«

»Wäre besser, er würde etwas für seinen mathematischen Horizont tun«, grantelte Christian und vertiefte sich in seine Zeitung, die er verkehrt herum hielt und mit sorgenschwerer Stirn anstarrte.

Ein paar fliederduftende Wochen gingen ins Land. Doris irritierte Christian mit riesigen Wogen schäumender Seifenlauge, die sie Frühjahrsputz nannte, und Susanne steckte ihr Haar hoch und lief mit Augen umher, so zartblau und träumerisch wie Kinderaugen in der Vorweihnachtszeit.

»Übrigens ... dieser Bursche, der Thomas«, meinte Christian eines Tages verlegen.

»Ja?« Doris' Kopf tauchte, spinnwebenbekränzt, hinter der Couch auf.

»Er ist wirklich ein netter Junge.«

»Tatsächlich?« Um Doris' Mundwinkel zuckte es. »Findest du nicht, dass er ein bisschen einfältig ist?«

»Er ist nicht einfältig«, erwiderte Christian empört. »Höchstens schüchtern. Was kein Wunder ist.«

»Ach. Warum denn?«

»Du musterst ihn ständig, als müsste er zur Herbstprämierung des örtlichen Zuchtbullenvereins. Der typische Schwiegermutterblick verfolgt den Ärmsten. Fehlte bloß noch, dass du seine Bankauszüge und ein Leumundszeugnis der nächsten Meldestelle verlangst.«

»Aber er ist doch so unbeholfen. Er stolpert die Treppen hinauf, und dann, denk doch an den laschen Händedruck!« sagte Doris sanft.

»Ich will nicht, dass du dich ständig über ihn lustig machst. Er ist ein prachtvoller Bursche. Er hat mir sogar angeboten, beim Zündkerzenwechsel behilflich zu sein. Außerdem ist er gescheit. Blitzgescheit sogar.«

»Wirklich?«

»Ja. Die Nachhilfestunden in Mathematik und Physik schafft er phänomenal. Kaum habe ich etwas erklärt, kapiert er schon. Ein kluger Kerl ist er, alles was recht ist.«

Doris kicherte. »Jetzt sag bloß noch, du hättest das von Anfang an gewusst.«

»Ich habe es auch gewusst«, erwiderte Christian beleidigt und nahm sich vor, Thomas auch weiterhin zu unterstützen im Kampf gegen allzu energische Weiblichkeit.

Es war während der Verlobungsfeier.

»Ich sag dir eines, lieber Christian«, meinte Kurt Heldmann, Thomas' Vater, in jenem Zustand seliger Trunkenheit, die dazu verleitet, mit Komplimenten um sich zu werfen. »Deine Susanne ist ein reizendes Mädchen. Sehr, sehr reizend.«

»Und dein Sohn äußerst beeindruckend«, antwortete Christian, nicht minder schwerzüngig. »Ach, was rede ich denn! Ein Prachtexemplar ist er! Und so gescheit. Wie schnell der alles kapiert, vor allen Dingen, wenn es um Mathematik und Physik geht.

Schneller als Einstein kapiert er, das hat mich sofort für ihn eingenommen.«

»Wär ja noch schöner, wenn er nicht kapierte!«

»Wieso?«

»Wo er doch Mathematik und Physik studiert.«

»Er tut was?«

»Er studiert. Mathematik und Physik. Im vorletzten Semester.«

»Ich denke, er arbeitet in einer Elektrofirma?«

»Das macht er nebenbei. Um Geld zu verdienen.«

»Und warum hat er nie von seinem Studium erzählt?«

»Weil du dann sicherlich gedacht hättest, dein Susannchen müsste darben und hungern, nicht wahr?« Kurt Heldmann lachte dröhnend und schlug Christian auf die Schulter.

»Du hast es gewusst«; sagte dieser ein paar Stunden später mit zorniger Stimme, als alle Gäste gegangen waren und Susanne, strahlend glücklich, in ihrem Zimmer verschwand.

»Natürlich habe ich es gewusst.« Doris begegnete seinem Blick mit charmantem Liebreiz. »Das Märchen mit den Nachhilfestunden war die einzige Möglichkeit, dir Thomas näherzubringen.«

»Ich bin ein vernunftbegabter, sachlicher Mensch. Man hätte mit mir reden können.«

»Man hat noch nie mit dir reden können, wenn es um Susanne ging. Hätte sie dir erzählt, dass Thomas lediglich stundenweise in dieser Elektrofirma jobbt, hättest du die Nase gerümpft. Hätte sie dir erzählt, er sei Student, hättest du ihn einen Hungerleider genannt. Egal, was sie gesagt hätte: Du hättest ein Büschel Haare in der Suppe gefunden. Und ihm wäre es niemals gelungen, dir zu beweisen, was für ein Prachtkerl er ist.«

»Was redest du denn! Ich habe ihn immer gemocht. Immer!«

»Dann hast du eine recht seltsame Art, deine Zuneigung zu zeigen.« Doris zwinkerte ihm zu. »Wollen wir noch ein Gläschen Sekt zusammen trinken? Und auf unsere Zukunft anstoßen?»

»Auf welche Zukunft?«

»Auf die Zukunft von zwei reaktionären Schlaffis, die nun endlich einmal, ohne ein schlechtes Gewissen haben zu müssen, tun und lassen können, was sie wollen: eine Weltreise machen, den Mount Everest besteigen oder aber auch im Lande bleiben und auf das erste Enkelkind warten.«

»Dann besteigen wir lieber den Mount Everest«, rief Christian entsetzt. Mit Schrecken ging ihm auf, dass seine Beförderung zum wohlwollenden Schwiegervater zwangsläufig auch jene zum jugendlichen Großvater nach sich ziehen würde. Besonders, da Thomas so ein prachtvoller Bursche war ...

Wiedersehen mit Bea

Es war Freitagnachmittag. Stine stand in der Küche, putzte Gemüse und rührte einen Kuchenteig an. Sie arbeitete schnell und gewandt, summte leise vor sich hin und warf ab und zu einen prüfenden Blick auf die Uhr. Sie war eine nette Person, hellhäutig, mit einem runden Gesicht, vollen Lippen und strahlend blauen Augen. Ihr braunes, kurzgeschnittenes Haar lockte sich, sie trug einen geblümten Rock und eine weiße Bluse und wirkte in all ihrer vergnügten Beweglichkeit sehr jung und temperamentvoll.

Als Carola ihr Rad am Gartentor abstellte und zwei große Einkaufstaschen zum Haus schleppte, lächelte Stine. Es war nett, eine fast erwachsene Tochter zu haben. Es war auch nett, Sohn Markus beim Fußballspielen zuzusehen, die Kaninchen zu füttern, die Rosen zu beschneiden und in der Dämmerung, wenn sie auf der Terrasse saß, mit der dicken Katze Berta einen kleinen Plausch zu halten. Stines Haus war stets voller Leben, in allen Zimmern herrschte gemütliches Chaos, Kinder lärmten, Gäste bewohnten das verträumte Zimmer unterm Giebel, und die Nachbarn blieben grüßend am Gartenzaun stehen und erzählten Stine Dinge, die sie sonst nur für sich behielten.

Stines Mann war Arzt. Ein Wald- und Wiesendoktor, wie et selbst ironisch behauptete. Er war ein Idealist, einer, der nach einem hastig hinuntergeschlungenen Mittagessen noch Hausbesuche erledigte, bei Wind und Wetter in die entlegensten Dörfer fuhr und auch nachts sein Telefon nicht abstellte. Stine liebte ihren Mann sehr. Er hieß Max. Er war von mittlerer Größe, muskulös, dunkelhaarig, breitschultrig. Er hatte ein sehr liebes Lächeln, das in den Augen begann und sein ganzes Gesicht erfasste, er wirkte ruhig und ausgeglichen und flößte seinen Patienten Vertrauen ein. Er konnte aber auch heftig werden und leidenschaftlich um Dinge streiten, die ihm am Herzen lagen. In der wenigen freien Zeit, die ihm verblieb, studierte er Fachzeitschriften, korrespondierte mit Kollegen, arbeitete an fortschrittlichen Ernährungsplänen und war beileibe nicht so unbedeutend, wie er tat. Er war nur sehr bescheiden.

»Mann!« stöhnte Carola, als sie die Küchentür aufstieß. »Dein Einkaufszettel war so lang wie eine Klorolle. Die böse Rademann hat mich mit ihren Blicken fast aufgespießt, weil sie hinter mir stand und eine Ewigkeit warten musste.« Sie stellte die Taschen auf einen Stuhl.

»Ist lieb von dir, dass du mir den Einkauf abgenommen hast«, sagte Stine. »Aber ich muss noch so viel erledigen, bevor Bea kommt. Und morgen früh will ich meine Haare waschen und mein Kleid aufbügeln und die Nägel lackieren. Schließlich will ich nicht aussehen wie eine kleine Landpomeranze.«

»Paps würde sagen, du bist auch unlackiert die Schönste.« Carola lachte. Sie war ein hochaufgeschossenes, sommersprossiges Mädchen mit den verblüffend blauen Augen ihrer Mutter. »Brauchst du mich noch? Ich wollte noch eine Stunde zum Baden fahren.«

»Nein, fahr nur. Ist Beas Zimmer fertig?«

»Es ist fertig. Muss ja eine sagenhaft tolle Person sein, wenn du so einen Zirkus machst ihretwegen.«

»Das ist sie auch. Und meine beste Freundin.«

»Deine beste Freundin? Ihr habt euch doch seit eurer Studienzeit nicht mehr gesehen.«

»Wir sind zusammen aufgewachsen, zusammen zur Schule gegangen, wir haben zusammen Tanzkurs gemacht und dabei zusammen deinen Vater kennengelernt. So etwas verbindet.« Stine lächelte.

»Zusammen? Er hatte gleich euch beide?«

»Dein Vater war ein Schwerenöter. Er konnte sich nicht entscheiden. Aber ich hatte mehr Ausdauer, und Bea wollte sowieso immer viel höher hinaus. Oder besser gesagt, in die weite Welt hinaus. Sonderbar.« Stine schüttelte nachdenklich den Kopf. »Wir waren so eng befreundet, wir studierten alle drei in München, Medizin, wie du weißt. Aber wir waren ganz verschieden. Ich habe, als du unterwegs warst, das Studium sofort an den Nagel gehängt. Ohne nach Alternativen zu suchen. Bea wollte sich spezialisieren, Internistin werden, bekannt und wohlhabend. Auch dein Vater hatte seine Träume und sehr soziale Vorstellungen, wenn es um seinen Beruf ging. Er hätte am liebsten eine Zeitlang für Projekte in der

Dritten Welt gearbeitet. Aber als ich ihm sagte, dass ich ein Kind bekomme, und als dann der alte Doktor Faber das Angebot machte, hierher zurückzukehren, hat er sofort zugegriffen.«

»Und was machte Bea?«

»Bea ging nach Paris und London. Und später ließ sie sich in Berlin nieder. Sie war ehrgeizig und hatte erstklassige Zeugnisse und Referenzen. Sie schrieb viele Aufsätze, die Bedeutung errangen. Sie trat in eine große Praxisgemeinschaft ein und wurde von Jahr zu Jahr bekannter. Dein Vater korrespondiert regelmäßig mit ihr.«

»Und diese sagenhafte Bea wollte nie heiraten?«

»Nein. Aber sie ist eng liiert mit einem Kollegen, obwohl sie nicht zusammen leben. Bea will ihre Unabhängigkeit nicht aufgeben. Das wollte sie noch nie.»

»Tut's dir leid, dass du meinetwegen nicht fertig studieren konntest?«

»Aber nein«, antwortete Stine schnell. »Im ersten Moment natürlich war ich enttäuscht. Aber dann ... Ich fand es wunderbar, verheiratet zu sein und ein Kind zu haben.«

»Paps auch?«

»Ich glaube schon. Obwohl ...«

»Na? Ich warte auf Geständnisse.«

»Obwohl ihn auch Bea sehr fasziniert hat. Sie war so zielstrebig, so sachlich, sie wusste genau, was sie wollte. Und sie hatte sehr viel übrig für deinen Vater.«

»Aber du hast ihn gekapert. Und ich weiß auch warum.«

»Ach ja?«

»Du hast ihn bekommen, weil du nicht so vollkommen bist. Und weil alles, was da kreucht und fleucht, sich an deinen Schürzenzipfel hängt. Du bist die ideale Arztfrau.« Carola kraulte liebevoll Stines Nacken.

»Vielleicht wäre ich auch eine gute Ärztin geworden?«

»Aber Mam. Wo du doch immer alles verlegst und vergisst. Irgendwann hätten deine Patienten Scheren und Pinzetten in ihren Bäuchen gehabt und die falschen Arme und Beine bandagiert.«

»Nun reicht's aber«, sagte Stine lachend und schob ihre Tochter aus der Tür. Dann schenkte sie sich ein Glas Limonade ein. Morgen um diese Zeit würde Bea bereits hier sein.

Ob sie immer noch so schön war? Und so charmant? Und so witzig?

Der Wecker klingelte zu einer entsetzlich unchristlichen Zeit, wie Max fand. »Ich dachte, heute ist Wochenende?« murmelte er verschlafen.

Stine küsste ihn auf die Nasenspitze. »Klar ist Wochenende. Das Bea-Wochenende. Vergessen?«

Max öffnete ein halbes Auge. »Bea? Heute schon? Mein Gott, wir werden es gar nicht mehr erkennen, das alte Mädchen.«

»Von wegen altes Mädchen! Sie ist einen Monat

jünger als ich.«

»Also doch ein altes Mädchen.« Max grinste und tätschelte Stines Rücken.

Stine sah ihn etwas besorgt an. »Mein lieber Maximilian. Versprichst du mir etwas?»

»Als ich das letzte Mal blindlings etwas versprach, musste ich mit dir nach Venedig.«

»Du musstest? Oh, du Scheusal!«

»Also. Was ist es, das ich versprechen soll?«

»Versprichst du mir, nicht allzusehr mit Bea zu flirten?«

»Wie bitte?« Max richtete sich auf. In seinen Augen lag ehrliche Verwunderung.

»Nun ja. Ich weiß ja, wie sehr du sie achtest. Und eure brieflichen Kontakte wurden immer reger in letzter Zeit. Ich bin furchtbar eifersüchtig. Während sie so herrlich mit dir fachsimpeln kann, erzähle ich dir bloß immer, wie teuer die Frühjahrskartoffeln geworden sind und dass unsere Kaninchen Schnupfen haben. Und außerdem ...« Sie biss sich auf die Lippen. »Außerdem war sie auch in dich verliebt damals. Nein, nein. Du kannst dir deinen scheinheiligen Protest ruhig abschminken. Es macht mir nichts mehr aus heute. Es ist so lange her. Aber du hast immer sehr begehrliche Blicke nach ihr geworfen. Und deshalb ... deshalb ...« Sie brach ab und wurde rot bis zu den Haarwurzeln.

»Und du meinst, ich nähre nach all diesen Jahren immer noch eine unbezwingbare, wehe Sehnsucht in meinem Herzen?»Er lachte und schüttelte den Kopf.

»Du bist in diesem gewissen Alter. Du weißt schon. Wo man nach anderen Frauen schielt und plötzlich Angst kriegt, etwas versäumt zu haben.« Sie sagte es so schelmisch, als glaubte sie selbst nicht an ihre Worte. Aber sie glaubte sehr wohl daran. Sie glaubte so sehr daran, dass leichtes Unbehagen sie befiel.

Gegen Mittag stand sie am Fenster. Ein tiefblauer Himmel spannte sich über das weite Tal, die Berge lagen zum Greifen nah. In den Gärten wurden Sonnenschirme aufgespannt, Kinder plantschten in kleinen Gummibecken, und Stine öffnete alle Fenster im Haus und schnitt frische Blumen für Beas Zimmer.

»Wann wollte sie denn kommen?« rief Max zu ihr herein. Er stand im hinteren Teil des Gartens und reparierte einen Hasenstall. Er arbeitete mit nacktem Oberkörper, seine dunklen Haare fielen ihm in die Stirn.

»In einer Stunde etwa«, rief Stine zurück. »Willst du nicht ein Hemd überziehen?«

»Ich nehme an, sie ist den Anblick von nackten Oberkörpern gewohnt.«

»Sadist. Du weißt genau, dass ich nicht will, dass sie deine Muskeln bewundert.« Sie holte einen Pulli und warf ihn ihm zu. Sie lächelten sich an. »Na, du Casanova«, sagte sie. Und: »Na, du kleine Landpomeranze«, antwortete er.

Und dann kam sie. Sie fuhr ein großes, weißes Auto mit roten Ledersitzen, sie trug ein weißes Kostüm, ihr blondes, glattes Haar glänzte in der Sonne, sie wirkte keine Spur müde oder zerknautscht, sie war immer noch gertenschlank und sehr, sehr mondän. Sie umarmte Max und streichelte die Kaninchen und lief Stine entgegen, deren Kleid einen Knopf verloren hatte und deren Locken hoffnungslos zerzaust waren.

»Mein Gott, du hast dich kein bisschen verändert!« rief Stine überschwenglich. »Immer noch kühl und blond und umwerfend schön.«

»Und du immer noch mit deinen Wuschelhaaren und deinen Kleidern, die Knöpfe verlieren.« Sie legten ihre Gesichter aneinander und sahen dann verlegen zur Seite. Sie waren sich sehr fremd.

Beim Essen erzählte Bea von ihrem Leben im Ausland und von ihrer Arbeit in Berlin. »Zuerst hatte ich eine eigene kleine Praxis«, sagte sie. »Doch dann lernte ich Erik kennen. Er war Chefarzt einer Privatklinik und wollte sich selbständig machen. Wir gründeten eine große Praxisgemeinschaft mit eigenen Labor- und Röntgenräumen. In der Innenstadt. Unsere Patienten sind inzwischen der Überzeugung, dass wir die Besten sind weit und breit. Wir teilen diese Überzeugung natürlich«, setzte sie, mit leichtem Spott in der Stimme hinzu.

»Musst du auch nachts immer zu den Leuten gehen und Spritzen geben?« fragte Markus interessiert. Markus war acht Jahre alt und wollte später Arzt werden wie Max. Bea lächelte. »Nein. Ich brauche nicht bei Nacht und Nebel hinaus. Ich habe genau festgelegte Sprechzeiten, und es läuft, von ein paar Ausnahmen abgesehen, alles wie am Schnürchen.«

»Und du musst auch keine Kinder holen und Wickel machen und Krampfadern bandagieren?«

»Nein. Ich hole auch keine Kinder und bandagiere keine Krampfadern.

»Und du bist wirklich Arzt?« Markus sah sie zweifelnd an.

»Ja. Das bin ich«, sagte Bea amüsiert. »So. Und nun zu dir.« Sie wandte sich an Max. »Bist du zufrieden, wie alles gekommen ist? Soviel ich mich erinnere, hast du immer davon geträumt, in der Forschung zu arbeiten und ins Ausland zu gehen.«

»Ich fühle mich sehr wohl hier.« Er sagte es fast streng. Stine warf ihm einen kurzen Blick zu.

Bea spielte mit ihrer Gabel. »Wir bauen unsere Praxisgemeinschaft noch aus. Du hast dich in deiner Freizeit sehr informiert und dein Wissen spezialisiert, wie ich deinen Briefen entnehmen konnte. Vielleicht kann ich einmal mit einem Angebot zu dir kommen?«

Max schwieg.

»Max ist sehr gerne hier«, sagte Stine hastig.

»Aber in Berlin hätte er bessere Aussichten.«

»Es geht uns gut.«

»Eine Prominentenpraxis ist nicht gerade das,

was ich mir erträumt habe«, sagte Max. »Eher ...« Er zögerte. Dann fragte er, leicht verlegen: »Hattest du denn nie den Wunsch, sozial tätig zu sein? Nach Afrika zu gehen oder nach Südamerika? Oder in die Entwicklungshilfe? Du bist doch frei wie ein Vogel?«

Bea griff nach ihrem Weinglas. »Doch. Einmal hatte ich diesen Wunsch. Aber es ... es kam etwas dazwischen.« Sie stellte das Glas, ohne getrunken zu haben, zurück auf den Tisch. »Außerdem habe ich auch eine große Portion kaufmännischen Verständnisses mit in die Wiege gelegt bekommen. Ich bin kein Idealist wie du. Zumindest heute nicht mehr. Ach was«, rief sie dann. »Lassen wir das. Ich bin genau geworden, was ich wollte. Eine gute Ärztin, bekannt, anerkannt, und sehr, sehr wohlhabend.«

»Auch glücklich?»fragte Stine.

Bea zwinkerte Max zu. »Typisch Stine«, sagte sie belustigt. »Die Welt ist eine rosarote Sahnetorte, und das Glück liegt obendrauf aus Zuckerguss.«

»Du hältst mich wohl immer noch für ein albernes Gänschen. So hast du mich wenigstens früher immer genannt.«

Bea fuhr ihr durchs Haar. »Wenn du mich so direkt fragst ...« erwiderte sie lachend. Sie stand auf. »Gehst du mit mir zum Wäldchen? Ich möchte ein bisschen Heimatluft schnuppern und die Landschaft begrüßen. Und nachgucken, ob die alten Parkbänke noch stehen, auf denen wir immer saßen und unsere Rendezvous hatten.« Sie sah zu Max hinüber.

Stine hängte sich bei Bea ein. »Nun sag schon«, fragte sie, als sie das Haus verließen und einen kleinen Weg einschlugen, der durch Felder und Wiesen führte. »Bist du glücklich?«

»Man ist nicht glücklich. Man ist höchstens zufrieden.«

»Du klingst so entsetzlich abgeklärt.«

»Das sollte man in unserem Alter auch sein.«

»In unserem Alter?« fragte Stine gedehnt. »Ich fühle mich noch sehr jung. Und Max und ich ...« Ihre Augen begannen zu strahlen. »Es geht ziemlich stürmisch zu bei uns. Wir sind beide temperamentvoll. Ach Bea!« Stine machte eine Bewegung, als wolle sie das Leben höchstpersönlich umarmen. »Wünscht du dir denn gar keinen Sturm? Die ganz große Liebe? Und Familie?«

»Danke, danke. Ich habe erst kürzlich einen Mann kennengelernt, der sehr nach Orkan aussah und sich auch so aufführte. Auf einer Tagung. Ein Mann wie ein Hüne. Arzt. Er wollte mich auf der Stelle einpacken und mitnehmen. Nach Holland. In eine Klinik, die sich um krebskranke Kinder kümmert. Die Klinik hat zu wenig Geld und zu wenig Spezialisten und Chirurgen. Es herrschen schauderhafte Zustände dort, und er, der Orkan, möchte alles ändern. Er arbeitet für ein Butterbrot, er ist ein Idealist wie Max. Und er hat nicht etwa höflich angefragt, ob ich mitarbeiten wolle dort. O nein! Er hat mir seinen knochigen Zeigefinger in die Rippen gebohrt und gemeint, dies sei, bei meinem Talent, die einzige Daseinsberechtigung, die ich hätte. Den Ärmsten der Armen zu helfen und mein Hab und Gut hinzugeben, auf das das Leid der Welt geringer werde.« Sie lachte ein wenig. »Ein sonderbarer Heiliger«, sagte sie.

»Aber Bea! Warum hast du's dir nicht wenigstens überlegt? Wäre es nicht eine wunderbare Aufgabe? Sehr viel wunderbarer, als die Schickeria zu behandeln?«

Bea kräuselte die Lippen. »Es wäre ein sehr ... gravierender Entschluss. Ich müsste alles aufgeben. Und Erik, mein Freund, hätte keinerlei Verständnis für diesen Alleingang. Es käme unweigerlich zu einem Bruch mit ihm. Und dann ... Nun, ich hänge an meinem Leben, so wie ich es führe. Es ist ein ...« Sie suchte nach einem passenden Wort. »Es ist ein sehr gepflegtes Leben«, sagte sie dann.

»Und dieser Mann? Er interessiert dich wirklich nicht? Auch nicht so ein kleines bisschen?«

Bea blieb stehen. Sie zerrieb Kamille zwischen den Fingern. »Ich habe ganz vergessen, wie gut das riecht.« Dann sagte sie langsam: »Sicher. Er ist sehr interessant. Er könnte mir durchaus gefährlich werden. Aber ich bin wohl schon ein wenig zu alt für Stürme.«

»Hast du denn je einen erlebt? Einen Sturm, meine ich?«

»Ja. Ja, das habe ich.«

»Und was ist daraus geworden?«

Bea sah sie seltsam an. »Es herrschte mindestens Windstärke zwölf. Und ich fühlte mich herrlich dabei. Aber dann drehte jemand an meiner privaten kleinen Erdenkugel, und mein aufregender Sturm zog westwärts. Sag mal ...« Sie blickte über die Felder. »Deine Schwangerschaft damals? War sie Absicht?«

»Max hat sich sehr gefreut.«

»Das meine ich nicht. Ich meine, hattest du sie absichtlich herbeigeführt?«

»Warum sollte ich?«

»Vielleicht um Max' Heiratswilligkeit etwas auf die Sprünge zu helfen?«

Sie blieben stehen. Ein Vogel flog auf. In der Ferne surrte Autobahnverkehr.

»Ich hatte es nicht nötig, irgendetwas zu beschleunigen«, antwortete Stine abweisend. Sie ging ein paar Schritte weiter. »Siehst du, dort drüben liegt schon unser kleines Wäldchen. Schaffst du's noch bis dorthin mit deinen dünnen Schuhen?«

»Ich schaffe alles«, antwortete Bea. »Das weißt du doch?«

Als Max und Stine sich zum Abendessen umkleideten, herrschte gespanntes Schweigen.

»Was ist los mit dir?« fragte Stine aggressiv. »Hat dich die Vergangenheit eingeholt?«

»Ich weiß nicht, was du meinst.«

»Du weißt genau, was ich meine. Du bewunderst sie noch immer, nicht wahr? Sie sieht auch umwerfend aus. Und hat so viel erreicht. Und ich ...« Als er zum Sprechen ansetzte, unterbrach sie ihn und rief leidenschaftlich: »Und bitte komm mir jetzt nicht mit Platitüden. Was für eine gute Mutter ich sei. Und wie glücklich ich dich mache. Und wie prächtig die Kinder gediehen sind. Jede Frauenzeitschrift kann das nämlich besser.«

»Du meinst also, ich sei immer noch von Bea fasziniert?«

»Dieses ›immer noch‹ ist sehr aufschlussreich«, antwortete Stine spitz.

»Warum bloß bist du immer auf sie eifersüchtig? Das hast du doch gar nicht nötig.«

Stine trat ans Fenster. Der Himmel war sternenübersät. Die Berge standen fremd und dunkel. »Ich komme mir so unbeholfen vor neben Bea«, sagte sie. »Genau wie damals. Und ich werde das Gefühl nicht los, dass sie auch heute noch sehr viel übrig hat für dich. Sie will dich nach Berlin locken, in ihre Praxis. Hast du das nicht bemerkt?«

»Hättest du etwas dagegen, nach Berlin zu gehen?«

In Stine wurde es ganz still. »Ich würde niemals mit dir nach Berlin gehen. Ich bin zwar ein naives Gänschen, wie Bea messerscharf erkannt hat. Aber doch nicht naiv genug, um den Fuchs nicht zu bemerken.«

Nach dem Abendessen trafen sie sich mit Freunden. Sie saßen in einem gemütlichen Weinlokal, und Bea war nicht mehr nachdenklich und ernst wie am Nachmittag. Sie trug ein teures Seidenkleid und modische Ohrringe und sprühte vor Temperament. Sie erzählte witzig und charmant von der gemeinsamen Studienzeit mit Max und Stine und sagte: »Ich war natürlich sehr verliebt in euren Doktor. Aber er hatte es so schrecklich eilig, eine Familie zu gründen. Was blieb mir also anderes, als gramgebeugt meine Koffer zu packen und ins Ausland zu gehen? Und eine reiche Frau zu werden?« Alles lachte. Nur Max drehte das Weinglas in seinen Händen und runzelte die Stirn.

Plötzlich packte Bea Stine bei der Hand. »Gibt es noch die Margeritenwiese hinter unserer Schule?«

»Mit der alten Eiche? Zu der wir immer Wettrennen gemacht haben? Ja, die gibt es noch.«

»Was meinst du? Wollen wir's noch einmal versuchen?« Beas Wangen waren tiefrot. Ihre Augen blitzten. »Ihr seid doch allesamt nicht böse, wenn wir für einen kurzen Moment verschwinden? Ich habe mich sehr gefreut auf meine Reise in die Vergangenheit. Und was gibt es Schöneres, als ein altvertrautes Schulgebäude im Mondlicht zu betrachten und zu einer Eiche zu laufen, die man als Kind schon tausendmal berührt hat.« Sie sprang auf.

Das Gras war nass vom Tau. Der Mond stand sehr hoch. Sie zogen ihre Schuhe aus. Sie waren beide etwas beschwipst. Atemlos. Voller Lust, die Jahre abzustreifen und kleine, alberne Dinge zu tun. »Wer als erste an der Eiche anschlägt, kriegt eine Flasche Champagner. Einverstanden?« rief Bea.

Sie liefen. Das Gras schlug Stine um die nackten Beine, ihre Füße brannten.

Bea überholte sie. Ihr helles Seidenkleid leuchtete. Sie umarmte den alten Baum, strich sich ihr blondes Haar aus der Stirn und sah Stine entgegen.

»Und wie immer bist du die Erste«, lachte Stine und blieb, heftig atmend, stehen.

Beas Gesicht schien plötzlich sehr weiß. »Nur einmal war ich nicht die Erste. Bei Max hast du das Rennen gemacht. Du warst ganz schön raffiniert.«

»Ich verstehe nicht, was du meinst. Es war eigentlich immer klar gewesen, dass Max und ich zusammengehören.«

Bea setzte sich auf ein Gatter. Ihr weißes Gesicht sah wunderschön aus im kalten Licht des Mondes. »So klar war es nicht, dass Max unbedingt zu dir gehörte«, sagte sie leise.

»Bitte. Sprich weiter.«

»Du hast dir damals absichtlich deine niedliche kleine Schwangerschaft zugelegt, nicht wahr? Genau zu dem Zeitpunkt, als Max am Abspringen war.«

»Du irrst dich. Max hat dich bewundert, ja. Aber du warst nicht sein Typ. Du warst zu kühl, zu unerreichbar. Du standest immer auf einem Sockel, und Max liegt nichts daran, nach oben zu gucken und anzubeten. Außerdem waren seine Ziele ganz andere. Er hatte nicht deinen Drang nach Anerkennung und diesen unbeirrbaren Wunsch, sehr viel Geld zu verdienen. Er hat diesen Drang heute noch nicht.«

»Ich stand auf keinem Sockel. Und Max konnte mich sehr wohl erreichen. Er hat mich nicht nur bewundert. Er war ernsthaft interessiert. Und du weißt es. Du hast es immer gewusst.«

Stine straffte sich. »Also gut«, sagte sie. »Dann reden wir endlich darüber.« Sie spürte Wellen des Zorns in sich aufsteigen. »Du wolltest immer alles haben, was mir gehörte. Zuerst meine Puppen, dann meine Freundinnen, dann meine Tanzstundenverehrer. Und als wir Max kennenlernten und er sich in mich verliebte, hast du nichts unterlassen, ihn zu erobern. Aber er entschied sich trotzdem für mich. Es war das erste Mal, dass du verloren hattest. Und das hast du mir nie verziehen.«

»Max wollte mich, nicht dich.«

»Bist du deshalb zurückgekommen?«

»Ich besuche lediglich meine beste Freundin«, antwortete Bea spöttisch.

»Wirklich? War ich das wirklich jemals – deine beste Freundin?« Stine trat einen Schritt auf Bea zu. »Ich werde nicht zulassen, dass du wieder versuchst, mir wegzunehmen, was mir gehört«, sagte sie heftig. »Was bist du bloß für ein Mensch? Warum interessiert dich nur das, was anderen gehört?«

»Kein Mensch gehört einem anderen. Ich habe Max geliebt.«

»Aber er hat mich geheiratet.« Die Worte tropften seltsam schwer aus Stines Mund. Als Bea schwieg, fuhr sie fort: »Er hat sich über die Schwangerschaft ebenso gefreut wie ich. Und ich finde es grausam, dass du nach so vielen Jahren zurückkommst und versuchst, mir zu beweisen, dass du immer noch siegen könntest, wenn du es nur wolltest.«

Bea sprang vom Gatter und strich ihr Kleid glatt. Sie ließ Stine nicht aus den Augen. »An dem Abend, als du Max sagtest, dass du in anderen Umständen seist, war er vorher bei mir. Wir sprachen über Paris. Wir sprachen über London. Wir sprachen über vieles. Aber dann kamst du. Das schutzlose, kleine Muttertier.« Sie lachte. Höhnisch und bitter. »Er hat dich nur geheiratet, weil du ein Kind bekamst.«

Grillen zirpten. Die Zeit schien stillzustehen. »Du irrst dich«, sagte Stine ruhig. »Niemals hat Max sich auch nur eine Sekunde lang mit dem Gedanken befasst, dich zu heiraten. Vielleicht wollte er nach Paris. Aber nicht mit dir.«

Bea zog scharf den Atem ein. »Wirklich?« fragte sie böse.

»Warum tust du das? Du hast doch alles bekommen, was du wolltest. Karriere, Reichtum, einen Mann, der dich liebt und dich trotzdem dein eigenes Leben führen lässt ... Was willst du mehr?«

»Ja? Habe ich alles bekommen?« Beas Kehle machte ein eigenartiges Geräusch. »Ich bin so steril wie die Geräte in meiner Praxis. Alles ist steril, verstehst du? In meinem Leben darf es tatsächlich keine Stürme geben und keine Unebenheiten, du hattest ganz recht. In meiner Wohnung liegt kein

Fusselchen am Boden, die Wände sind blau tapeziert, die Möbel aus Glas und Stahl. Und Erik, mein Freund ...« Ihr Gesicht verzerrte sich. Ihre Stimme klang verächtlich. »Er ist wie ich. Gefühlsausbrüche ärgern ihn. Abhängigkeiten lehnt er ab. Und auch seine Wohnung besteht aus Glas und Stahl, und als einmal die Katze einer Nachbarin hereinstrich und auf seine Couch sprang, fiel er rast in Ohnmacht, der große Chirurg!«

»Und du meinst, wenn Max damals mit dir gegangen wäre, wäre alles anders gekommen?«

»Ja, das meine ich. Und er wäre mit mir gegangen.«

Stine atmete tief durch. »Nun gut. Wir wollten es dir zwar nie sagen. Wir waren sehr romantisch damals. Wir sind es in gewisser Weise heute noch.«

»Was wolltet ihr mir nie sagen?«

»Wir waren schon verheiratet. Ein halbes Jahr lang waren wir schon verheiratet. Wir fanden es wunderbar, dass keiner es wusste. Dann meldete sich Carola an. Max konnte sich gar nicht fassen vor Glück.«

Bea starrte sie an. »Das ist nicht wahr«, sagte sie.

»Es ist wahr.«

Beas Gesicht gefror. Sie behielt die Schuhe in der Hand und ging quer über die Wiese auf die Straße zu. Sie wandte sich kein einziges Mal um.

Am nächsten Morgen war ihr Zimmer leer. Nur ein Stück blaues Band lag auf einem Stuhl und erinnerte an ihren Besuch.

Ein paar Monate später erhielt Stine eine Ansichtskarte. Ein Orkan fegte übers Meer, und ein kleines Boot schaukelte auf den Wellen. Lediglich Stines Namen und Adresse waren angegeben.

»Von wem ist die Karte?« fragte Markus.

»Sie ist von Bea.«

»Woher weißt du das? Hat sie geheime Tinte benutzt?«

»So etwas Ähnliches.«

»Und was schreibt sie?«

»Sie schreibt, dass sie jetzt in Holland ist. Bei Windstärke zwölf.« Stine stieß ein kleines Lachen aus.

»Warum lachst du, Mam?«

»Weil man mich für ein naives Gänschen hält.«

»Und das freut dich?«

»Ein Gänschen freut sich immer, wenn es den Fuchs überlistet.«

»Und wie hast du den Fuchs überlistet?«

»Ich habe geflunkert.«

»Du?« fragte Markus erstaunt. »Was hast du geflunkert?«

»Ich habe einfach meinen Hochzeitstag um ein halbes Jahr vorverlegt«, sagte Stine. »Das hat den Fuchs sehr geärgert, und er lief davon.«

»Für immer?«

»Ja«, meinte Stine nachdenklich. »Ich glaube, für immer.«

Der Duft von Veilchen

Das erste Mal sah Adrian sie, als sie über den Schulhof schritt, schmal, aufrecht, das blonde Haar fast bis zu den Hüften reichend. Das zweite Mal begegnete er ihr auf dem Flur. Sie hielt ein paar Hefte in der Hand, und er trat zur Seite, um sie vorbeizulassen. Ein zarter Duft von Veilchen umgab sie, und ihre dunklen Augen lächelten ihn an. Adrian stockte der Atem. Er wusste sofort, dass er sie liebte.

Am nächsten Tag erfuhr er, dass sie Lehrerin war (wie konnte man Lehrerin sein, wenn man so zart, so sanft, so überaus lieblich durch Adrians Welt schwebte?), dass sie Deutsch und Geschichte unterrichtete und dass sie, wohl um ihren kärglichen Beamtensold aufzubessern, auch Nachhilfestunden gab.

Sofort wurden Adrians Deutschkenntnisse unzureichend, und der Schulaufsatz, den er schrieb, erhielt ein »Mangelhaft«.

»Himmel! Was soll das? Du warst doch sonst immer so gut in Deutsch! Bei deiner Phantasie! Versteh ich einfach nicht, Adrian!« rief sein Vater.

Adrian verstand schon. Er grinste ein bisschen. »Tut mit leid,« sagte er. Und: »Ich glaube, ich brauche Nachhilfestunden.«

Sein Vater willigte ein, wie er immer einwilligte,

wenn er der Meinung war, es sei zum Besten seines Sohnes. Er lebte allein mit Adrian, er hatte sich bereits vor Jahren von der Frau, die sich Adrians Mutter nannte und eines flachshaarigen Physikers wegen nach Amsterdam floh, getrennt. Adrian machte sich nicht allzuviel aus dieser Tatsache. Mit einer Frau, die einem Physiker und dessen verheerendem Kraftfeld erlag, wollte er ohnedies nichts zu tun haben woraus sich unschwer schließen ließ, dass Adrian Physik hasste.

Am nächsten Morgen ging er ins Rektorat. »Ich brauche Nachhilfestunden in Deutsch«, sagte er kühl. »Und ich habe gehört, an der Schule ist jetzt eine neue Lehrerin ...«

»Frau Rottmann gibt auch Nachhilfestunden in Deutsch«, antwortete die Sekretärin, kühl wie er.

»Ich hätte aber lieber die ... andere.«

»Ach ja? Hättest du? Warum?«

Täuschte er sich oder zuckten ihre Lippen?

»Sie soll besonders gut sein«, meinte er mürrisch.

Sie hieß Marlies Henning.

Als er sich das erste Mal auf ein Treffen mit ihr vorbereitete, stellte er sich in verschiedenen Posen vor den Spiegel und fand, dass sein schwarzes Haar sein Gesicht blass und interessant machte und dass seine Augen so stahlblau waren wie die von Franco Nero. Er zog einen neuen Ledergürtel durch die Schlaufen seiner Jeans und benutzte Vaters Rasierwasser.

»Na?« Sie empfing ihn mit einem warmen, unwiderstehlichen Lächeln.

»Mein letzter Schulaufsatz. Er ging völlig daneben.« Er ließ sich auf einen Stuhl fallen und grinste sie an. Sein Herz klopfte bis zum Hals.

»Woran arbeitet ihr zur Zeit?»

»Bildbeschreibungen.«

»Aha.«

Schon wie sie lächelnd »Aha« sagte, war sensationell. Ihr Mund kräuselte sich, sie schob die Unterlippe ein wenig nach vorn, ihr Atem roch nach Pfefferminzdrops.

»Glauben Sie, wir kriegen's wieder hin?»fragte er lässig.

»Aber ja. Ist alles eine Frage der Zeit und der Übung.«

Sie schlug die Beine übereinander, öffnete ein Buch und begann sofort mit der Arbeit. Adrian seufzte vor Wohlbehagen.

Nach der dritten Stunde holte ihn sein Vater mit dem Auto ab. Er musterte die Lehrerin seines Sohnes überrascht und meinte dann: »Ich finde, wir haben uns ein Stündchen beim Italiener verdient. Hätten Sie Lust?«

Sie hatte Lust, und Adrian schwamm in einem Meer von Seligkeit. Sich vorzustellen: Dicht neben ihr das Auf und Ab ihres warmen Lachens zu hören, zuzusehen, wie sie aß, trank, das Gekräusel ihrer Lippen, das hüftlange Haar und nah, ganz nah, dieser Duft von Veilchen! Er hatte heute bei Dr. Reichel in Biologie von Körpern erfahren, die in einer durch äußere Reize nicht zu unterbrechenden Bewusstlosigkeit, in einer Art Koma, lagen, und er befürchtete, ihm könne Gleiches geschehen, sollte sie je einen Arm um seine Schultern legen oder ihm gar übers Haar streichen und ihn auf den Mund küssen.

»Kriegst du auch Hausaufgaben von Fräulein Henning?« fragte sein Vater beim Essen und zwinkerte Marlies belustigt zu. »Klar. Ich muss ein Bild beschreiben. Wird meine Abschlussarbeit, sozusagen.«

»Ein Postkartenbild?«

»Eine Fotografie«, antwortete Adrian und lächelte in Gedanken daran, welche Fotografie er sich auserkoren hatte. Sie zeigte Marlies Henning auf dem Schulhof. Der Wind fuhr durch ihr blondes Haar, sie lachte mit einer Schülerin und sah jünger aus als diese.

Sein Vater holte ihn oft ab. Manchmal scherzte er mit Marlies, manchesmal verdüsterte sich sein Gesicht, er begrüßte sie nur knapp, unwirsch fast, und manchmal lief er ihnen entgegen, winkte mit beiden Armen und lud sie wieder in die kleine Pizzeria ein.

»Nächsten Samstag habe ich Geburtstag«, sagte Marlies eines Tages – und der Tag war schön und voller Versprechungen. »Hätten Sie beide vielleicht

Lust, ein bisschen mit mir zu feiern?«

Adrian strahlte sie an. Sie tat das seinetwegen, er wusste es! Und seinetwegen lud sie auch Vater ein. Sie war ... taktvoll, ja, das war sie.

Er überlegte lange, was er ihr kaufen sollte. Dann entschloss er sich, ihr seinen Aufsatz und die Fotografie zu schenken, ihre Fotografie! Das Bild, das er hütete wie einen Schatz und das er heimlich geknipst hatte, hinter einer kleinen Mauer kauernd, sich verbergend, errötend.

»Ich beschreibe das Foto einer jungen Frau, die auf dem Schulhof steht und mit einer Schülerin lacht«, begann sein Aufsatz. »Sie ist schlank und blond und wunderschön.«

Am Tag von Marlies' Geburtstag grub Adrian im Garten einen kleinen Rosenstock aus und pflanzte ihn in einen Blumentopf. Sein Vater kaufte lilafarbene Orchideen.

»Sie ist wirklich eine bezaubernde Frau«, sagte er vorsichtig, und Adrian hatte das Gefühl, er wolle noch etwas anderes sagen, etwas Wichtiges, etwas, das ihrer beider Leben berührte. Etwas, das mit Marlies und ihm, Adrian, zu tun hatte?

Er wartete. Doch sein Vater wandte sich verlegen ab, wickelte die Orchideen aus dem Papier und stellte sie in einen Krug mit Wasser.

Als Marlies Adrians Geschenke besah, lächelte sie ihn an, rasch, zärtlich, sie strich ihm übers Haar und küsste ihn auf den Mund. Ihr Atem roch wieder nach Pfefferminzdrops, und ihrem Haar entströmte dieser betäubende Duft frischer Veilchen. Adrian, der seine Erregung nur mühsam bändigte, beschloss, diesen köstlichsten aller Augenblicke niemals zu vergessen. Seine Mutter fiel ihm ein, der flachsblonde Physiker, Dr. Reichel. Er lag in einem Koma, ohne Zweifel, und er wunderte sich, dass keiner es bemerkte. Kurz vor Mitternacht erhob Marlies ihr Glas. Ihr Gesicht leuchtete. »Wir wollten es dir eigentlich erst ein wenig später sagen ... Aber da heute ein so besonderer Tag ist ...« Sie wurde über und über rot und griff nach Adrians Hand. »Dein Vater und ich«, meinte sie. »Wir mögen uns sehr. Und dich, dich mag ich auch sehr.« Sie lachte ein wenig, atemlos, beschämt zuerst, dann stolz. »Deshalb haben wir beschlossen zu heiraten.«

Adrian fühlte, wie sein ganzer Körper erstarrte. Er nahm ein Käseplätzchen, biss hinein, legte es zurück auf den Teller, erhob sich wortlos und verließ das Zimmer.

Dann stand er lange vor einem zierlich geschwungenen Spiegel im Bad und studierte seinen Mund, seine Augen, fuhr die dunklen Brauen mit den Fingern nach. Seine neue Mutter. Sie sollte seine neue Mutter werden. Er drückte sein Gesicht in ein seidenes Tuch, das an einem Haken hing.

Es roch nach Veilchen, und er atmete tief durch. Blickte wieder in den Spiegel. Er hatte ja gewollt, dass sie für immer bei ihnen blieb. Sich seiner annahm, ihre weichen Hände in seinem Gesicht, ihr Lachen im Haus, ihr zarter Duft in jedem Raum. Er hatte gewollt, dass er mehr war als ihr Schüler und sie mehr als seine Lehrerin. Sie klopften an die Tür.

Er straffte seine Schultern und stopfte sein Hemd in die Jeans. Seufzte. Grinste seinem Spiegelbild zu. Öffnete grinsend die Tür und blickte in ihre besorgten Gesichter.

»Ist schon okay«, sagte er, »ich find's großartig.«

Er war zwölf Jahre alt und fand es tatsächlich großartig, dass sie seine Mutter werden sollte.

Der kleine Kümmerling macht Politik

Die Kümmerlings wohnten in einem alten Mietshaus mitten in der Stadt. Das Haus zierten kunstvoll verschlungene Stuckarbeiten, hohe, fast gotisch anmutende Fenster und schmiedeeiserne Geländer. Im Hof wuchs eine alte Kastanie, ein Rosenstrauch kletterte bis zu den beiden Teppichstangen. Einmal im Jahr hängten die Bewohner des Hauses Girlanden in den alten Baum und feierten ein Hoffest. »Der kleine Kümmerling ist ein netter Bursche«, pflegten die Leute zu sagen. »Sein Vater aber ...« Bedenklich wiegten sie den Kopf. Denn des kleinen, braunhaarigen Kümmerlings Vater war ein wuchtiger, herrischer Mann, dunkel, wortkarg und äußerst verschlossen.

Der kleine Kümmerling wollte Arzt werden. Oder Politiker. Oder Vorsitzender des Vereins zur Förderung denkender Menschen. Er war ein Idealist. Und ein Bücherwurm.

Eines Tages, die Kümmerlings saßen gerade beim Essen, sagte Vater Kümmerling: »Ich habe mich entschlossen. Wir geben diese Wohnung auf und ziehen aufs Land.« Frau Kümmerling schwieg.

»Wieso aufs Land?« fragte der kleine Kümmerling erstaunt. Er liebte die Stadt. Und er liebte das alte Haus, in dem sie lebten. Und die Kastanie. Und das Hoffest.

»Auf dem Land ist alles gesünder und besser«,

antwortete Vater Kümmerling barsch. »Alles«, wiederholte er nachdrücklich. »Die Luft, die Leute, die Landschaft.«

»Wieso die Leute?«

»Die Leute auf dem Dorf wissen noch um den Wert der Dinge.«

»Den Wert welcher Dinge?«

»Der Traditionen und des Nachbarschaftsgefühls.«

»Wir haben hier auch Nachbarschaftsgefühl«, sagte der kleine Kümmerling bockig. »Wir feiern jedes Jahr das Hoffest. Und wenn Mutter vergisst, Zucker oder Eier zu kaufen, helfen die Nachbarn aus.«

Frau Kümmerling wurde rot. »Sei ruhig«, sagte sie. »Wenn Vater aufs Land will ...«

Eines Tages war es soweit.

»Ich habe ein nettes kleines Haus gefunden«, sagte Herr Kümmerling. »Mit einem netten Garten. Und einem grünen Gartenzaun.«

Der kleine Kümmerling wurde wütend.

»Ich will, dass wir darüber abstimmen, ob wir aufs Land ziehen oder nicht«, sagte er am Abend. Es gab Kartoffelpuffer mit Apfelmus, des großen Kümmerlings Leibgericht.

»Abstimmen? Wozu?«

»Weil wir eine Demokratie haben«, sagte der kleine Kümmerling.

Vater Kümmerling lachte. Sein gewaltiger Bauch

verschob die Tischdecke. »Die Demokratie bin ich«, sagte er und nahm den letzten Kartoffelpuffer vom Tablett.

Später half der kleine Kümmerling seiner Mutter beim Abwasch. »Du willst doch gar nicht wirklich aufs Land. Warum tust du nichts?« fragte er.

Die Mutter sah ihn erstaunt an. »Wenn aber Vater will ...«

»Wenn Vater will, wenn Vater will«, antwortete der kleine Kümmerling erbost. »Aber ich will nicht. Und du auch nicht. Das wären also zwei gegen einen.«

»Vater verdient das Geld«, sagte die Mutter streng.

»Und du arbeitest hier im Haushalt. Und ich gehe zur Schule. Jeder tut seine Pflicht.« Der kleine Kümmerling hatte neuerdings auch politischen Unterricht und war ein aufmerksamer Schüler.

Am Wochenende klopfte er an die Tür zu Vaters Arbeitszimmer. »Ich möchte, dass eine Abstimmung stattfindet«, sagte er. »Schließlich haben wir die Freiheit der Entscheidung in diesem, unserem Lande.« Er hatte sich auf dieses Gespräch sorgfältig vorbereitet.

»Hier finden keine Abstimmungen statt. Hier nicht.«

»Dann bist du ein Diktator.«

Herr Kümmerling, der nicht gerne Diktator genannt sein wollte, überlegte. Er dachte an seine blasse Frau und begann, eins und eins zusammenzuzählen. »Nun gut«, sagte er schließlich und lächelte amüsiert. »Um dir zu beweisen, dass ich durchaus bereit bin, demokratisch zu denken und zu handeln, findet nächsten Sonntag eine Wahl statt. Zufrieden?«

»Und nur wer die absolute Mehrheit erringt, siegt?«

»Es siegen Mehrheiten oder Koalitionen«, erwiderte Vater Kümmerling und dachte wieder an seine blasse Frau.

Auch der kleine Kümmerling wusste um die besondere Wirkung von Bündnispartnern. Also strebte er der Küche zu. »Am Sonntag findet eine Wahl statt«, sagte er beiläufig und holte sich einen Apfel aus der Obstschale.

»Ach ja?« fragte die Mutter zerstreut.

»Die Wahl für oder wider einen Umzug aufs Land.«

Die Mutter sah ihren Sohn überrascht an. »Und ich? Wähle ich denn auch?«

»Die Frauen haben bei uns bekanntlich das Stimmrecht«, antwortete der kleine Kümmerling ärgerlich. »Was also wirst du wählen?«

»Ich muss erst mit Vater sprechen.«

Genau das hatte der kleine Kümmerling befürchtet. Er begann, an der Berechtigung des Frauenwahlrechts zu zweifeln.

»Was hat Vater damit zu tun?« rief er. »Du musst doch selbst wissen, was du willst. Hierbleiben oder fortziehen.«

»Ich bin eine Ehefrau«, antwortete seine Mutter

bekümmert.

»Ach! Verbietet dieser Zustand dir, selbständig zu handeln?«

Frau Kümmerling blickte etwas ratlos auf ihren Sohn. »Nein«, sagte sie dann zögernd. »Eigentlich nicht.«

Am Sonntag nach dem Frühstück wischte Frau Kümmerling sämtliche Brösel vom Tisch, zog ihre Schürze aus und setzte sich. Ihr Gesicht war blass und erwartungsvoll. Auch der kleine Kümmerling war blass. Nur Vater Kümmerling, Machtträger seit jeher, hatte eine rosige Gesichtshaut. Er hatte gut geschlafen und war sich seines Sieges sicher.

Als der kleine Kümmerling den ersten der drei beschriebenen Zettel entrollte, stand darauf: »Ich wünsche, auf dem Lande zu leben«, auf dem zweiten Zettel: »Ich will in unserer alten Wohnung bleiben« und auf dem dritten: »Stimmenthaltung.« Vater Kümmerling, dem aufging, was dies bedeutete, wurde sehr zornig. »Genug des Unsinns jetzt«, rief er. »Hier gibt es keine Stimmenthaltungen!« Und er riss einen neuen Zettel von einem Block und legte ihn seiner Frau vor. »Schreib, dass du aufs Land möchtest.«

Doch seine Frau widersetzte sich. Sie hatte in des kleinen Kümmerlings Sozialkundebuch über die Bedeutung der Demokratie gelesen.

Da keiner der Kümmerlings die absolute Mehrheit erreicht hatte, wurden für den nächsten Sonntag Neuwahlen festgesetzt. Der kleine und der große Kümmerling bemühten sich gleichermaßen um Frau Kümmerling, die rote Backen hatte und es sehr genoss, so umworben zu sein. Und da sie im Grunde ihres Herzens viel lieber bei ihren Nachbarinnen blieb, die ihr Zucker und Eier liehen und so nett und freundlich waren, stimmte sie am folgenden Sonntag gegen ihren Mann und für das Bleiben in dem geliebten alten Haus.

Vater Kümmerling schlug mit der flachen Hand auf den Tisch. »Jetzt habe ich es satt«, schrie er. »Nächsten Monat ziehen wir um!«

»Das kannst du doch nicht machen«, entgegnete der kleine Kümmerling fest. »Das wäre Diktatur. Die uneingeschränkte Herrschaft eines Einzelnen ist aber verboten bei uns.«

»Bei mir nicht«, rief Vater Kümmerling. »Und damit ihr auch gleich Bescheid wisst: Eine Diktatur duldet keine Opposition.« Er schritt erbost aus dem Zimmer und warf zur Bekräftigung seiner diktatorischen Neigungen die Tür fest ins Schloss.

»Nun hilft nur mehr Revolution in Form von passivem Widerstand«, sagte der kleine Kümmerling, der nicht bereit war aufzugeben.

»Und wie sieht dieser passive Widerstand aus?« fragte seine Mutter mit lebendigen, scharfen Augen.

Der kleine Kümmerling überlegte. »Kein Essen mehr, das du kochst. Und keine Schuhe mehr, die ich putze.«

»Und kein Geld mehr für eine Hausfrau, die nicht arbeitet«, sagte der große Kümmerling am nächsten Abend, als er vor einem leeren Teller saß und später in sein ungemachtes Bett schlüpfte.

Die Fronten verhärteten sich. Der große Kümmerling lernte die Diktatur des Proletariats kennen. Er nahm, seiner Lieblingsspeisen beraubt, drei Kilo ab, putzte sich seine Schuhe selbst und vermisste seinen abendlichen Gutenachtkuss. Seine Frau arbeitete, da ihr das Haushaltsgeld gestrichen worden war, als Aushilfe beim Schlussverkauf und legte sich ein neues Make-up zu. Der kleine Kümmerling aber klopfte nochmals an des Vaters Tür. »Ich habe einen Kompromissvorschlag zu unterbreiten«, sagte er.

»Ich höre«, sagte Herr Kümmerling, der belegten Brote und selbst zubereiteten Rühreier überdrüssig.

»In der Zeitung steht, dass am Stadtrand Schrebergärten vermietet werden. An Bürger, die schon mehr als zwanzig Jahre hier in dieser Stadt wohnen.«

Herr Kümmerling schwieg.

»Ich dachte, das wäre ein Kompromiss. Du wolltest gerne Landschaft haben und einen Garten, in dem du pflanzen und säen kannst. Mutter und ich wollen diese Wohnung behalten.«

Vater Kümmerling sah aus dem Fenster. »Ich werde darüber nachdenken«, sagte er. Es war das erste Mal seit vielen Jahren, dass er, bevor er bestimmte, nachdachte. Der kleine Kümmerling war sehr zufrieden.

Am nächsten Tag wurden die Friedensverhandlungen geschlossen. Herr Kümmerling schrieb einen Brief an die Stadtverwaltung und bewarb sich um einen Schrebergarten. Frau Kümmerling gab ihre Aushilfstätigkeit auf und kochte wieder die Lieblingsspeisen ihres Mannes. Der kleine Kümmerling aber saß im alten Kastanienbaum und träumte in den Himmel. Er hatte beschlossen, Politiker zu werden. Er war immer noch ein Idealist.

Vorbei ist nicht vorüber

Ferdinands Großvater wurde von jedermann »Don Quijote« genannt und lebte im Altersheim. Ferdinands Mutter sprach von einem »Seniorenhaus« und spitzte ganz begeistert den rotgeschminkten Mund, wenn sie davon erzählte.

Don Quijote war ein Mann, der oft gegen die Windmühlenflügel weltlicher und staatlicher Ignoranz gekämpft und heiteren Gemütes sehr viele Niederlagen erlitten hatte. Er teilte, was sein Zuhause betraf, die Euphorie seiner Tochter nicht. »Ein Altersheim ist kein Platz für einen Mann wie mich«, pflegte er zu sagen.

»Aber ich bitte dich«, antwortete Ferdinands Mutter dann regelmäßig. »Ein so schönes Haus. Und so modern.«

Eines Tages lernte Ferdinand Lucie kennen. Lucie lebte ebenfalls im Heim, und Don Quijote gestand, dass er schon seit Monaten mit ihr befreundet und, wie er es ausdrückte, »sehr, sehr von ihr eingenommen« sei. Sie war eine kleine mollige Frau, ihre braunen Augen lagen eingebettet in runden Pölsterchen, ihre Stimme klang süß und warm, und alles an ihr war in Bewegung. Die flinken Augen, die Hände, der Mund.

»Ist das nicht grässlich«, zwitscherte sie. »Ich wollte eine Theatergruppe gründen und einen Bolero-Club.

Aber man lässt mich nicht. Man will einfach, dass ich eine Greisin bin.« Sie zog das Wort Greisin in die Länge, bis es ganz und gar albern klang, sodass Ferdinand den Kopf zurückwarf und laut auflachte.

Ein paar Wochen später sagte Don Quijote: »Ich werde Lucie heiraten.«

»Ich ... Das finde ich wundervoll«, rief Ferdinand. Er war verlegen. Und überrascht. Sicher, er wusste, dass man sich verliebte und heiratete. Er selbst war auch verliebt. In Andrea. Andrea hatte ein Gesicht wie Milch und Blut und gletscherblaue Augen. Oh, diese Augen! Feuer und Eis! Aber liebte man auch noch jenseits der Zwanzig? Ferdinand war sechzehn und konnte es sich nicht recht vorstellen.

Don Quijote schmunzelte. »Ich seh schon. Du meinst, Leute, die im Altersheim leben, sollten besser die Finger von Dingen lassen, die nur noch draußen passieren.« Das Wort »draußen« betonte er so ironisch, wie Lucie das Wort »Greisin« betont hatte.

»Aber nein! Ich bin nur so überrascht. Was wird Mutter dazu sagen?«

Jetzt lachte Don Quijote. »Sie wird sagen, dass ich verrückt sei. Senil. Und Lucie raffiniert.«

Ferdinand biss in einen Apfel und versuchte sich vorzustellen, wie der Großvater einen Arm um Lucie legte und sie küsste. Es war sehr schwierig, sich das vorzustellen.

»Du hast ein neues spanisches Poster?« fragte er,

um abzulenken. Don Quijote nickte. »Ja. Die Gärten von Aranjuez.« Er sprang auf, so schnell und behend wie ein ganz junger Mann, er breitete die Arme aus und deklamierte: »Die schönen Tage von Aranjuez sind nun zu Ende ...« Dann hielt er inne und seufzte. »Mein Cousin hat es geschickt. Du weißt, er lebt seit vielen Jahren in Madrid.« Er wandte sich um, er betrachtete das Bild, er versank in grüner und gelber Farbe, er war sehr weit entfernt. Er war in den Gärten, dachte Ferdinand und wurde traurig.

»So. Nun ist er total verrückt geworden!« rief seine Mutter aus, als Ferdinand ihr von Lucie erzählte.

»Er wird senil, und dieses Weibsstück hat ihn eingefangen.«

Ferdinand grinste. »Aber nein. Sie ist eine sehr nette Frau. Und sie hat die gleichen Interessen wie er. Sie geht mit ihm spazieren, sie liebt Opern, und vor allen Dingen, liebt sie Spanien so wie er. Ihr ganzes Zimmer hängt voller Fotos und Poster und Bilder. Madrid, El Escorial, Sevilla. Sie war früher Tänzerin. Sie hat Großvater spanische Gitarrenmusik geschenkt und eine alte Aufnahme von ›Carmen‹.«

»Also doch! Sie hat ihn eingefangen. Sie hat herausgefunden, wie spleenig dein Großvater wird, wenn es um dieses vermaledeite Spanien geht. Und jetzt haben wir den Salat!«

Ferdinand ärgerte sich. »Ich weiß nicht, was du hast. Wenn die beiden heiraten, könnten sie doch, hier in der Nachbarschaft eine Wohnung mieten. Dann hätten wir sie näher bei uns.«

»Hier in der Nähe? Das kommt nicht in Frage! Wir machen uns zum Gespött der Leute. Ein fast achtzigjähriger Mann in den Flitterwochen!« Ferdinands Mutter knüllte ihre Serviette zusammen. »Solche Dinge sollten für ihn weiß Gott vorbei sein!«

»Vorbei ist nicht vorüber«, sagte Ferdinand böse. Ihm gefiel dieser Satz. »Ja«, wiederholte er, »vorbei ist nicht vorüber!« Er verstand nicht viel vom Altwerden, aber sehr viel von der Liebe. Er hatte am Abend zuvor Andrea geküsst, zum ersten Mal. Oh, was für ein herrliches Gefühl! Wie Sahnetorte, die auf der Zunge zerging! Warum sollte Don Quijote nicht ebenso empfinden? Sahnetorte schmeckte schließlich in jedem Alter!

Die Heimleitung untersagte Don Quijote, »auf diese Weise« mit Lucie befreundet zu sein, und drohte mit Kündigung der Zimmer. »Und sollten Sie heiraten«, sagte der Verwalter und in seinen Augen stand Verachtung, »müssten sie sofort ausziehen. Wir haben hier keine Appartements, wir sind auf so etwas nicht eingerichtet.«

»Ich werde euch eine Wohnung suchen«, sagte Ferdinand bei seinem nächsten Besuch und straffte den Rücken. Er sah sich Wände tapezieren, Bilder und Poster und spanische Schnüre aufhängen, er hörte den Bolero von Ravel und das glockenhelle Lachen Lucies. Er war sehr glücklich in diesem Moment.

Doch die Hausbesitzer wollten nicht an alte Menschen vermieten. »Du meine Güte, nein!« sagte eine große protzige Frau in einer großen protzigen Villa. »Kaum sind sie eingezogen, sterben sie. Und ich habe dann die Scherereien.«

»Wenn Sie meinen Großvater sehen würden ...« Ferdinand war sehr zornig. »Er ist so kräftig und gesund und ...«

»Er ist neunundsiebzig!« entgegnete die protzige Frau. Dann schlug sie die Tür zu.

Ferdinand trottete nach Hause und blieb plötzlich vor einem Schaufenster stehen, in dem ein Bild der »La Mancha« auf einer Staffelei stand. Trockene Erde, tonig roter Boden, kalkweiße Dörfer, Steinsteppe, eine heiße Sonne, die auf niedere Weinstöcke brannte. Das Land Don Quijotes, seines Großvaters Traum, Lucies Traum. Ferdinand stand lange vor dem Bild. Dann ging er nach Hause und schrieb einen Brief. Nach Madrid.

Lucie und Don Quijote heirateten an einem Freitag, Ende Oktober. Das Laub flammte in vielerlei Farben, der Himmel war tiefblau. Lucie trug ein bunt gemustertes Kostüm mit bauschigen Volants, Don Quijote einen grauen Anzug. Ferdinand schenkte Lucie einen spanischen Fächer und seinem Großvater einen Strohhut. Als sie zum Flughafen fuhren, war er so aufgeregt wie an dem Tag, als er zum ersten Mal allein zur Schule ging.

»Habt ihr eure Tickets?« fragte er. »Und vergesst nicht, mir zu schreiben. Vor allen Dingen, wie es in Madrid ist. Und in Almagro.« Almagro hieß der kleine Ort, in dem Großvaters Cousin ein Häuschen gemietet hatte.

In der Flughafenhalle umarmte er zuerst Lucie, dann seinen Großvater. »Nächstes Jahr besuche ich euch«, murmelte er rauh, und fast hätte er geweint. Aber nur fast.

Er stieg auf eine Aussichtsveranda und winkte den beiden nach. Sein Großvater schwenkte den Strohhut, und Lucie klappte ihren Fächer auf und lachte übers ganze Gesicht.

Während des Abendessens sagte Ferdinands Mutter: »Morgen müssen wir Großvater besuchen. Hoffentlich hat er diesen Schwachsinn mit der Heirat inzwischen vergessen ...«

Ferdinand sah von seinem Teller auf. »Don Quijote ist in Spanien. In den Gärten von Aranjuez. Mit seiner heißgeliebten Dulcinea.«

»Was soll der Unsinn! Du wirst allmählich so wunderlich wie er!«

Ferdinand zuckte die Achseln und sah aus dem Fenster. Der Himmel war wie dunkler Samt. Die Lichter eines Flugzeuges blinkten. Das Flugzeug flog nach Süden.

Er grinste und spießte eine Olive auf die Gabel. Eine spanische Olive.

Eine total harmonische Trennung

Sie hieß Barbara und war sehr emanzipiert. Sie wechselte ihre Autoreifen selbständig, schlug Nägel kerzengerade in die Wand und lötete sogar, wenn es sein musste, Elektrodrähte. Sie arbeitete in einem Naturkostladen. Der Laden gehörte ihr. Sie war Ende zwanzig, groß, schlank, dunkelhaarig, gepflegt. Sie liebte Jazz und Bach. Sie dachte sehr modern.

Er hieß Rainer. Er war ebenfalls groß und schlank, seine Anzüge kaufte er in London. Er war fünfunddreißig. Er liebte Beat und Musicals. Er arbeitete als Wirtschaftsberater. Er wechselte keinen Autoreifen, er lötete auch keine Drähte. »Ein Kühlschrank hat zu kühlen, ein Auto zu fahren«, pflegte er zu sagen. »Wenn ein Gegenstand seine Funktion nicht mehr erfüllt, gibt es Fachleute, die den Schaden beheben.«

Diese Einstellung war einer der Gründe, warum sie sich nun, nach vier Jahren Ehe, scheiden ließen. Barbara verabscheute unpraktische Männer. Außerdem lebte Rainer ungesund: Er aß Schweineschnitzel mit Pommes frites und zuckerte seinen Kaffee. Ihm hingegen graute vor einer in einen Overall gekleideten Frau, die einen Sechskantschlüssel in der Hand hielt. Und die Art, wie Barbara mit selbstzufriedenem Gesicht Müsli mit Dörrpflaumen in den Mund schob, machte ihn zum Kannibalen.

Sie beschlossen, sich harmonisch zu trennen.

»Rainer und ich arbeiten unsere Trennung positiv

auf, wir bleiben auch weiterhin in Kontakt«, teilte Barbara der ehrfürchtig lauschenden Schar ihrer Freunde mit. »Er hat übrigens schon eine Neue. Gundi. Und ich habe Kai. Nächste Woche geben wir eine Abschiedsfete. Ist das nicht eine köstliche Idee?«

Leiser Neid schlich sich in die Gesichter der Freunde. Sie hatten ihre Trennungen nicht positiv aufgearbeitet. Bei ihnen hatte es lautstarke, erbitterte, herzzerreißende Szenen gegeben.

»Wie ist Rainers Neue?« fragten sie Barbara.

»Das Gegenteil von mir. Sie kann einen Dichtring nicht von einem Nasenring unterscheiden, und beim Autofahren hat sie nicht den blassesten Dunst, warum der Karren sich in Bewegung setzt, wenn sie aufs Gas drückt. Aber sie bäckt sehr gut. Und ist ein Kochgenie.«

»Und dein Kai?«

»Er ist ein Schatz, wirklich. Er hat seine ganze Wohnungseinrichtung selbst gezimmert. Er ist Sportlehrer und als solcher sehr an einer gesunden Lebensweise interessiert.«

»Prima«, sagten die Freunde. »Dann ist ja alles bestens geregelt.«

»Ach übrigens ...« Barbara blickte sich, bescheiden lächelnd, um. »Wir verbinden die Abschiedsfete mit einem Wohnungsflohmarkt. Da ist noch soviel Krempel, den weder Rainer noch ich gebrauchen können. Ihr kommt doch alle, nicht wahr?«

Gundi, Rainers Neue, trug am Tage des Festes ein blaues Kleid und eine blaue Kordel im blonden Haar. Barbara trug ein weißes Kleid und eine weiße Kordel im schwarzen Haar. Die beiden sahen aus wie Schneeweißchen und Rosenrot.

Rainer unterhielt sich mit Kai, er klopfte ihm auf die Schulter und sagte: »Ehrlich, alter Junge, du kriegst ein Prachtweib, das kann ich dir bestätigen.«

»Ich frage mich bloß, warum du dich von so einem Prachtweib scheiden lassen willst«, sagte Julia spitz. Sie war Barbaras beste Freundin und seit Jahren in Rainer verliebt.

Rainer lachte. »Weil ich ein schwacher Mensch bin. Ich kann nicht auf meine Schwarzwälder Kirschtorte verzichten und auch nicht auf meine Schweineschnitzel. Und jetzt ...« Er wandte sich an Kai, dessen Muskeln sich unter einem knappen Trikothemd abzeichneten und der nachdenklich die blonde Gundi musterte. »Und jetzt hat Barbara dieses Ideal von einem Mann getroffen. Praktisch denkend, sportlich orientiert, ernährungsbewusst lebend.« Wieder schlug er Kai auf die Schultern, das es krachte.

Kai duckte sich. »Ja, ja«, sagte er dann hastig. »Barbara ist eine großartige Person. Perfekt vom Scheitel bis zur Sohle.« Seine Augen wanderten wieder zu Gundi.

Der Streit begann, als man Erbtante Claras alten Lehnstuhl und die hässliche Kuchenplatte versteigerte.

»Was für ein gemütlicher Lehnstuhl«, sagte Gundi und lächelte schüchtern zu Kai hinüber.

»Tja. Das ist er. Gemütlich. Ich wollte ihn auch haben«, antwortete Barbara, die Gundi und Kai aufmerksam fixierte. »Und Rainer wollte ihn auch. Da wir uns nicht einigen konnten, wird er eben verscherbelt. Obwohl ...« Sie warf Rainer einen giftigen Blick zu.

»Obwohl?« Rainer blickte so giftig wie sie.

»Obwohl du gar nichts damit hättest anfangen können. Es sind nämlich die Innereien aufzupolstern, der Stoff zu säubern und die Füße anzuleimen. Lauter Arbeiten, von denen du keine Ahnung hast, ich aber schon.»

»Ich wäre durchaus kooperationsbereit gewesen, wenn du auf die Kuchenplatte verzichtet hättest. Wo du doch sowieso keinen Kuchen isst.«

»Was heißt, ich esse keinen Kuchen? Ich backe jede Woche einen Kuchen.«

»Kuchen nennst du das?« Rainer stieß ein irres Gelächter aus. »Das ist Pampe aus dunklem Mehl und Schrot und Korn.«

»Ach! Gundis Kuchen schmecken dir wohl besser?«

»Lass Gundi in Ruhe«, mischte sich Kai ein. »Sie hat dir nichts getan.«

»Was geht dich Gundi an?« rief Barbara.

»Sie gefällt ihm halt.« Rainer grinste boshaft.

»Meine Güte!« Barbara blickte hilfesuchend zur

Decke. »Nun wird das schwache Weibchen beschützt von allen Seiten. Wie lieb!«

»Es hätte dir nichts geschadet, auch einmal ein bisschen schwach zu werden«, sagte Rainer.

»Bloß weil ich mit Hammer und Nagel umgehen kann, muss ich noch lange kein Mannweib sein!«

»Aber du reibst es allen Leuten ständig unter die Nase, was für ein Allroundgenie du bist.«

»Und du bist total versnobt. *Ein Kühlschrank hat zu kühlen* ...« äffte ihn Barbara nach.

»Macht es euch etwas aus ...« Gundis zarte Stimme ertönte. »Ich meine, ich würde den Lehnstuhl gerne ersteigern.«

»Hach! Wie aufopfernd von dir! Damit kommt Rainer über seine Geliebte an Tante Claras Erbe. Für wie blöd haltet ihr mich eigentlich?«

»Für ziemlich blöd«, sagte Jürgen.

»Aber der Stuhl käme in meine Wohnung. Nicht zu Rainer, Ehrenwort ...« Gundi sah hilfesuchend zu Kai. Der legte beschwichtigend einen Arm um sie.

»Nimm den Arm von ihr«, sagte Barbara.

»Ich denke gar nicht daran. Ich lasse mich nicht schurigeln.«

»Sie schurigelt dich nicht, sie ist verletzt«, schrie Rainer.

»Ich bin nicht verletzt, du elender Chauvinist.«

»Blöde Emanze!« Rainer versetzte dem Lehnstuhl einen Tritt.

Barbara griff nach der Kuchenplatte und warf sie

gegen die Wand.

Die Freunde, Sektgläser in den Händen, guckten betreten.

»Nun bin ich wenigstens hinreichend informiert, wie eine harmonische Trennung auszusehen hat«, meinte Julia spitz.

Rainer schwieg verbissen. Dann schob er den Lehnstuhl vor die Wohnungstür und sagte zu Gundi: »Hier. Du wolltest ihn doch haben. Also nimm ihn. Mein Abschiedsgeschenk an dich.«

Kai fragte Gundi: »Soll ich dir beim Transport behilflich sein?«

Barbara sagte: »Wenn du das tust, kannst du bleiben, wo der Pfeffer wächst.«

»Das hatte ich sowieso vor«, antwortete Kai. Und nachdem er sich von allen verabschiedet hatte: »Ich hasse Müslis.«

Nach und nach gingen auch die anderen. Die Wohnung leerte sich. Ein paar Bilder standen noch herum. Die Scherben von Erbtante Claras Kuchenplatte lagen am Boden.

Barbara stand mit gesenktem Kopf am Fenster.

»Nun sei nicht traurig«, sagte Rainer. »Dieser Orang-Utan hätte nie und nimmer zu dir gepasst.«

»Und das Heimchen am Herd bestimmt nicht zu dir. Soll ... soll ich dir ein Schnitzel braten? Ich habe es heute Morgen für dich gekauft. Ich wollte dir eine Freude machen, am letzten Tag, an dem wir ...« Sie schluckte. In ihren Augen glänzten Tränen. »Und

Pommes Frites habe ich auch«, setzte sie noch hinzu.

Rainer sah sie zärtlich an. »Tante Claras Teller kann man kleben. Ich mache mich gleich morgen an die Arbeit.«

»Du??«

»Ja. Ich habe beschlossen, ein praktisches Genie zu werden.«

»Vielleicht gehe ich in einen Backkurs.« Sie lächelte ihm zu. »Weißt du was? Ich bin gar nicht so tüchtig. Ich tu nur so.«

»Und ich bin nicht versnobt. Ich tu auch nur so.« Sie zeichnete mit dem Finger kleine Kringel auf die Fensterscheibe. »Eigentlich schade, dass wir uns scheiden lassen. Wo du jetzt ein praktisches Genie wirst und ich bald Schwarzwälder Kirschtorte backen kann ...«

»Sehr schade.«

»Harmonische Trennungen sind Schwachsinn.«

»Harmonische Ehen nicht.«

»Sieh mal! Gundi und Kai haben ein Stuhlbein vergessen.«

»Wir schenken es ihnen zur Hochzeit.«

Rainer bückte sich, hob das Stuhlbein auf und wickelte es in ein Stück Zeitungspapier. Und Barbara ging in die Küche und panierte zwei Schnitzel. Es war nicht ihre Schuld, dass die Schnitzel hinterher anbrannten.

Ski-Heil für Maximilian

Als Maximilian Barabas beschloss, sein Leben von Grund auf zu ändern, stopfte er seine durchlöcherte Lieblingsjacke in den Müll, trennte sich von seiner Briefmarkensammlung und buchte eine Winterreise.

»Mit Skikurs oder ohne?« fragte die flachshaarige, kleine Angestellte des großen Reisebüros.

»Ohne«, war Maximilian sofort versucht zu antworten. Doch dann erinnerte er sich schaudernd seiner Exverlobten Beatrice, die ihn einen eigenbrötlerischen, unausstehlichen und mit Scheuklappen versehenen Langweiler genannt und schluchzend ihre Utensilien in einen Koffer geworfen hatte.

»Mit«, sagte er deshalb schnell und unterdrückte einen abgrundtiefen Seufzer.

Als nächstes strebte er einem Sporthaus zu. Er wühlte sich durch Latzhosen und Anoraks und fand die Preise skandalös. »Ich will nur einen Skianzug kaufen. Nicht den ganzen Laden«, knurrte er finster und sah mehr denn je aus wie ein riesiger Bernhardiner mit Schnauzbart und Hornbrille.

»Es ist ein Auslaufmodell und reduziert«, antwortete der Verkäufer beleidigt. »Wenn Sie es vielleicht in einem Second-Hand-Shop versuchen wollen ...«

Maximilians Schnurrbart plusterte sich auf. »Werden Sie bloß nicht frech«, sagte er.

Zu Hause inszenierte er eine Generalprobe. Er

schaltete im Flur alle Lichter an, kletterte, verächtlich schnaubend, in Latzhose und Stiefel und tappte, böse Vorahnungen in der breiten Brust, vor den Spiegel. Na bitte. Hatte er's doch gewusst! Er wirkte wie ein riesiger wattierter, bebrillter Osterhase mit rosafarbener Quastenmütze und besorgniserregender Rückgratverkrümmung. Und das in seinem Alter! Vierzig Jahre und kein bisschen weise, dachte er böse, bleckte seinem Spiegelbild zu und sagte: »Ski-Heil, du Affe«.

Das Sporthotel lag fremd und glasverschalt am Fuße der düsteren Berge und wirkte so deplaziert wie Plastikmöbel in einer Bauernstube. Eine graue Wolkenwand berührte fast den Boden, der Schnee sah sehr viel kälter aus als im Prospekt, und Maximilian wiegte bedenklich den Kopf. »Wenn sich das nur nicht einschneit hier«, sagte er skeptisch und hängte seinen wattierten Hasenanzug auf einen Bügel.

Der Skilehrer war ein Adonis mit blitzend weißen Zähnen, sportgestählter Figur und Maximilian herzlich unsympathisch. Und wenn er so ganz im hintersten Winkel seiner romantischen Seele gehofft hatte, nette Mädchen anzutreffen, Mädchen, die kreischend und tolpatschig in seine bereitwillig geöffneten Arme fielen, sah er sich bitter enttäuscht. Der einzige, der hier fiel und kreischte, war er. Denn der Kurs bestand fast ausschließlich aus forschen, jungen Leuten, die sein wattiertes Auslaufmodell anstaunten und sich ansonsten nicht um ihn kümmerten. Lediglich ein minderwüchsiges, dickliches Mädchen schnalzte ab und zu bedauernd mit der Zunge, wenn er, die Beine weit gespreizt, den Oberkörper ängstlich geduckt, ganze Skikurse ummähte oder in knorrigem Latschengestrüpp endete.

Als er eines Abends die Hotelhalle betrat, stockte er. In einem weichen Polsterstuhl saß, die schlanken Beine übereinandergeschlagen, eine ganz und gar reizende Frau mit lebhaften braunen Augen, glattem Bubikopf und sehr, sehr gescheitem Gesichtsausdruck. Ihre Hände hielten eine Zeitung und waren kräftig. Maximilian, aus Berufung Bildhauer und stets mit Herz und Augen denkend, hatte eine Menge übrig für Frauen mit gescheitem Gesichtsausdruck und Händen, die kräftig waren und zupacken konnten. Selig begann er zu lächeln.

Sie lächelte zurück. »Na?«

»Na«, antwortete er und blieb stehen.

»Sie wohnen hier im Hotel?«

Er nickte.

»Skiurlauber?«

Wiederum nickte er.

»Haben Sie schon gegessen?«

»Ich wollte gerade, aber …«

»Gehen Sie nur, gibt tollen Apfelstrudel heute.«

»Ach.«

»Und einen sehr delikaten Schweinebraten. Vielleicht ein bisschen fett.« Sie zwinkerte ihm zu.

Es durchfuhr ihn wie ein Blitz. »Man müsste im ›Jägerstüberl‹ einen Obstler trinken hinterher«, erwiderte er und wurde rot. Sie erhob sich. Sie reichte ihm bis zur Schulter und besaß jenen ofenwarmen Sexappeal, der die Männer aufrechter gehen und die Frauen ärgerlich werden ließ. »Also gut. Im ›Jägerstüberl‹«, antwortete sie und schenkte ihm ein reizendes Lächeln, eines, das ihm ganz allein gehörte und ihn auch während des Essens nicht verließ.

Am nächsten Morgen erwachte er mit einem Gefühl glückseligen Wohlbehagens. Das Gebirge lag in dunstig blauen Nebelschleiern, ein paar Spatzen saßen mit gesträubtem Gefieder auf der Balkonbrüstung, und Maximilian sprang aus dem Bett, dehnte und streckte sich und freute sich zum Fenster hinaus.

Doch mit der frischen Winterluft erwachte die Erinnerung. Und mit ihr kam namenloser Schrecken. Was hatte er dieser bubikopftragenden, netten Melanie Hoffmann versprochen? Mit ihr die große Abfahrt zu machen? Nachmittags um drei? »Vorher habe ich leider keine Zeit«, hatte sie gesagt. »Ich habe keine Ferien, ich jobbe hier am Ort.« Und er, weintrunkener Schwachkopf, der er war, hatte gestrahlt und geprahlt, hatte seine sportlichen Leistungen jeglicher Art betont und sich mit ihr verabredet. Ja, hatte er. Und sollte nun, den frischen Fahrtwind im

Gesicht und ein fröhliches Lied auf den eisverkrusteten Lippen, zu Tale flitzen wie Toni Sailer in seinen besten Tagen. Er stöhnte so laut, dass die Spatzen von der Balkonbrüstung stoben.

»Ist ja alles recht und schön«, sagte er wenig später zu seinem bleichen Spiegelbild. »Du hast dich verliebt. Aber musst du deswegen gleich dein Leben aufs Spiel setzen?«

Nach der zweiten Tasse Kaffee kam die Erleuchtung. Maximilians Herz fing an, vor Erleichterung fröhlich zu purzeln. Er warf die Serviette auf den Tisch, eilte ins nahegelegene Dorf, suchte die Praxis eines gewissen Herrn Dr. Eberhard Brenner auf und klingelte.

»Ich möchte, bitte, ein Gipsbein haben«, sagte er zu einer grauhaarigen, älteren Person, die eben in eine weiße Schürze schlüpfte und ihn verwundert anstarrte.

»Ein Gipsbein? Haben Sie sich denn verletzt?«

Maximilian nickte. Klar doch. Klar hatte er sich verletzt. Sein Herz war angegriffen, die Psyche kaputt, und Todesangst lauerte in jedem Winkel seines komplizierten Innenlebens. »Ich kann es schlecht erklären«, meinte er hastig. »Aber ich brauche dringend einen ganz, ganz kleinen Gips am Fuß oder am Knie oder irgendwo ...«

»Die Sprechstunde beginnt in ein paar Minuten. Wenn Sie vielleicht gleich ins Arztzimmer gehen wollen …« Die Sprechstundenhilfe sah ihm verwirrt nach.

Als Maximilian das große, düstere Zimmer betrat, stand Dr. Brenner hinter einem kleinen Wandschirm und klirrte mit Spritzen und Glasschalen. Maximilian bemerkte zwei weiße Hosenbeine und räusperte sich.

»Es mag Ihnen ganz und gar lächerlich vorkommen«, begann er schnell. »Aber ich brauche dringend ein bisschen Gips am Fuß. Haha.« Er lachte gequält. »Weil ich nämlich diesem reizenden Frauenzimmer vorgeflunkert habe, ich sei nahezu der Größte zwischen Watzmann und Großglockner. Und könne diese Wahnsinnsabfahrt hinunterrasen wie der Teufel.« Das Wort ›Wahnsinnsabfahrt‹ dehnte er wie einen Gummistrumpf. »Ich brauche dieses Gipsbein quasi als Ausrede«, fuhr er fort. »Kein Mensch kann mit einem Gipsbein Skifahren. Wahrscheinlich kann er überhaupt nicht mehr Skifahren, so ein Mensch.« Maximilians Gesicht ging erleichtert in die Breite.

»Was Sie nicht sagen«, antworteten die weißen Hosenbeine mit einer verblüffend weiblichen Stimme und umrundeten den Wandschirm. Maximilians Augen irrten von unten nach oben, von oben nach unten und schlossen sich schaudernd. »Auf dem Türschild stand ›Dr. Eberhard Brenner‹«, flüsterte er.

»Ich bin die Urlaubsvertretung. Melanie Hoffmann. Dr. Melanie Hoffmann. Aber den Doktortitel vergesse ich in meiner Freizeit natürlich.«

Maximilian stand schweigend auf, nahm schweigend seinen Mantel, öffnete schweigend die Tür.

»Sie haben vergessen, Ihr Honorar zu begleichen«, sagte sie.

»Wieviel?«

Sie schwieg. »Wie wär's mit einem Schoppen Rotwein heute Abend?«

Maximilian wand sich. Sein großes Gesicht legte sich in traurige Falten. »Es ist wegen gestern«, sagte er unglücklich. »Ich fürchte, ich habe noch mehr ... Ich ... ich kann nämlich auch nicht schwimmen.«

»Aha.«

»Und das Fahrrad benutze ich höchstens, wenn mein Auto streikt.«

»Sonst noch was?«

»Das Jogging ... Ich jogge auch nicht. Und mein Tennislehrer braucht inzwischen einen Psychiater.«

»Ob wir wohl noch etwas finden, das nicht geflunkert war gestern abend?«

Maximilian biss sich auf die Lippen. Dann trat ein Leuchten in seine Augen. »Der Obstler«, rief er. »Den trinke ich wirklich gern.«

Melanie legte den Kopf zur Seite und betrachtete ihn. »Ich kann auch nicht Skifahren«, sagte sie plötzlich.

»Ach.« Maximilian war ganz empörte Fassungslosigkeit.

»Und heute nachmittag hätte ich mir auf dem

Weg zum Skilift glatt den Fuß verstaucht. Wäre das nicht ein irrer Zufall gewesen? Maximilian vergipst und Melanie stark humpelnd?« Sie kicherte. Dann zupfte sie einen Faden, den es gar nicht gab, von seinem Pullover und geleitete ihn zur Tür.

»Passen Sie auf die Stufen auf. Sie sind total vereist«, sagte sie sanft und lächelte wieder ihr reizendes Lächeln. Maximilian fror ein wenig. Weil er wusste, dass sich sein Leben nun tatsächlich grundlegend ändern würde. Und weil ihm das gar nichts mehr ausmachte.

Das Kuckucksei

Sie ist ein Kuckucksei, sagten die Leute, wenn sie von Jule sprachen. Dabei war der Kuckuck ein Vogel, der auf hohen Bäumen saß und den man so gut wie nie zu Gesicht bekam. Was wieder einmal bewies, wie dumm die Erwachsenen waren, dachte Jule, während sie auf dem quietschenden Gartentor hin- und herschaukelte und mit ihrer brüchigen, rauhen Stimme ein Lied sang, das sie selbst erfunden hatte und dessen Refrain von einer dottergelben Schlüsselblumenwiese handelte.

Sie sang und schaukelte aus gutem Grund. Denn in das Haus mit den verwilderten Fliederbüschen und dem alten Brunnen, auf dem ein Steinmännchen saß, zog ein neuer Mieter ein. Er stand mit hilflosem Gesicht vor einem klapprigen Kombiwagen und hielt eine Nippesfigur in der Hand.

»Soll ich dir helfen?« rief Jule vergnügt. Sie war kräftig, derb, hatte einen vollippigen Mund, helle, kritische Augen und Hände, die zupacken konnten. Sie war acht Jahre alt. Der Mann, der den Brunnen gemietet hatte und die Fliederbüsche und das nette Steinmännchen, sah nicht so aus, als freute er sich über Jules großherziges Angebot. Er warf ihr vielmehr einen düsteren Blick zu und wandte sich ab. Sein seidiges, rotes Haar fiel in lustigen Wirbeln über seine Augen und Ohren, er war groß und schlank und ging leicht gebeugt, obwohl er sicherlich noch jung war. Alles in allem sah er aus wie ein Studienprofessor, befand Jule, denn sie liebte lange Wörter, und Studienprofessor war unzweifelhaft ein wunderbar langes und erhabenes Wort.

»Wie heißt du denn?« Sie sprang auf die Straße und ging auf ihn zu.

»Lutz Petersen. Gehst du mal zur Seite?«

»Bist du ein Studienprofessor?«

»Ich bin Musiker.«

»Spielst du im Radio?«

»Ich spiele in einem großen Orchester. Geige.«

»Warum hilft dir deine Frau nicht beim Umziehen?«

»Weil ich, Gott sei Dank, keine mehr habe ... Und auch keine brauche«, setzte er schnell hinzu, da Jules Gesicht energisch wurde und ihre vollen Lippen sich aufwarfen, als wolle sie sofort drangehen, seine Notlage zu beseitigen.

»Komisch. Ilona will keinen Mann mehr.«

»Wer ist Ilona?«

»Meine Mutter. Sie bemalt Porzellan, in ihrem Zimmer stehen viele kleine Flaschen und Töpfe mit Farbe drin. Sie ist eine Künstlerin, und alle Männer sind in sie verliebt.« Jule bückte sich nach einem Kleiderbügel. »Mein Vater«, fuhr sie fort, »ist auch ein Künstler. Er lebt in Paris. Alle Künstler leben eigentlich in Paris. Vater malt auch. Große Bilder. So groß ...«

Jule beschrieb mit ihren dicken kurzen Armen,

die Hände gespreizt und das Gesicht aufgeplustert, einen weiten Bogen. Dann warf sie Lutz Petersen einen vorsichtigen Blick zu. »Er hat sich von uns scheiden lassen. Ach ja ... und übrigens ...« sie seufzte auf, »ich bin ein Kuckucksei.«

Wenn er verwundert war, so verbarg er es. »Gehörst du deinen Eltern nicht?«

»Doch. Ich gehöre ihnen schon. Aber Großmutter meint, ich bin die einzig Vernünftige in der Familie und muss wohl aus Versehen ins Nest gefallen sein. Großmutter ist alt und verrückt und hat immer so komische Einfälle. Zumindest sagt Ronald, dass sie verrückt ist.«

»Und wer ist Ronald?«

»Das ist unser Arzt. Er kommt, wenn ich Angina habe oder Bauchschmerzen. Er ist auch in Ilona verliebt.«

»Findest du nicht, dass du ein bisschen viel ... Familieninternes ausplauderst?«

Familieninternes ... was für ein himmlisches Wort! Jules Gesicht strahlte. »Ist Ronald ... familienintern?«

Lutz Petersen lachte. »Ja. Er ist sehr familienintern. Und jetzt geh bitte zur Seite. Ich muss die Koffer ins Haus tragen.«

»Der neue Mieter von nebenan spielt Geige in einem riesigen Orchester«, erzählt Jule. »Er ist sehr nett und sagt, dass Ronald familienintern ist.«

Ilona, eine grazile, zierliche Frau um die dreißig,

mit einem wirren Gekrause dunklen Haares und so hellgrünen Augen, dass man versucht war, an klares Quellwasser zu denken, das über graue Kiesel sprang, nun, Ilona saß auf dem Rand ihres Stuhles und starrte in die Suppe, die Jule gekocht und in die sie viele bunte Nudeln geworfen hatte. Sie fischte nach einem Stück Sellerie und schob es in den Mund. In ihren hellgrünen Augen schwammen goldene Sprenkel, die dichten, schwarzen Wimpern warfen Schatten. »Ach ja?«, murmelte sie und war sehr weit von Jule entfernt.

Jules Herz wurde schwer. Nie würde sie so schön sein wie ihre Mutter, so geheimnisvoll, so über alle Maßen wunderbar. Allmählich glaubte sie auch, dass sie ein Kuckucksei war.

»Ich gehe morgen zu ihm und helfe die Wohnung einräumen«, sagte sie. Sie war sich nicht sicher, ob dieser Lutz Petersen, der auf seine Weise genauso schön und geheimnisvoll war wie Ilona, ihren Tatendrang begrüßen würde die Leute reagierten oft seltsam, wenn sie ihnen unter die Arme griff. Doch sie erinnerte sich seines hilflosen Gesichts, als er die Nippesfigur in Händen hielt, und beschloss, als erstes sein Porzellan zu entstauben und in eine Vitrine zu stellen.

»Er wird sich freuen, wenn ich komme«, sagte sie zuversichtlich.

Ilona lächelte. »Wenn er aber lieber allein sein will, lass ihn«, sagte sie.

»Kein Mensch will lieber allein sein«, antwortete Jule bestimmt und sah Ilona in die Augen. Doch Ilonas Augen sagten ihr, dass es sehr wohl Menschen gab, die lieber alleine waren.

»Nun sag mal, Herr Petersen«, sagte sie am nächsten Tag zu ihm, »nun sag mal bloß, warum bist du immer noch nicht weiter mit deinem Umzug?«

»Das frag ich mich auch«, antwortete Lutz verstört. Er saß am Boden und wühlte in einer Schachtel mit alten Briefen.

»Hast du die Briefe noch nicht gelesen?«

»Doch. Schon oft.«

»Warum liest du sie dann noch mal?«

»Weil es sehr sonderbar ist, die Vergangenheit zu besuchen.«

»Was ist die Vergangenheit?«

»Die Zeit, die hinter uns liegt.«

Jule lachte. »Du solltest lieber die Zeit besuchen, die jetzt gerade ist. Weißt du was? Ich glaube, du bist fast so unpraktisch wie Ilona. Warte, ich werde dir helfen.« Sie zog ihre Jacke aus und nahm ein rotes, mit Samt bespanntes Kästchen zur Hand. Als sie den Deckel hob, dachte sie, ihre Brust müsse zerspringen vor Entzücken. Denn fein säuberlich, in weiche Watte eingebettet, lag ein wunderschöner Vogel. Sein Schnabel schimmerte in tausenderlei Farben, und seine Schwingen glichen Feenflügel, so hauchzart waren sie. Nie hatte Jule Schöneres gesehen. »Ist er aus Glas?« fragte sie ehrfürchtig.

»Aus Bergkristall. Ich habe ihn von meiner Mutter. Man sagt, nur der soll ihn besitzen, der einem anderen der beste Freund ist.«

»Oder die beste Freundin«, sagte Jule voller Verlangen und nahm Lutz Petersens Hand. Sie mochte ihn. Er war ein rothaariger Märchenprinz, er besaß eine Geige und einen Zaubervogel, und die Welt war ihm sehr fremd. Da er schwieg, fragte sie weiter: »Warst du der beste Freund deiner Mutter?«

»Ja, das war ich.«

Sie runzelte die Stirn. »Ilona braucht keine Freunde«, sagte sie nach einer Weile. »Sie war einmal eine Katze, meint Großmutter, und sie ist am liebsten ganz allein.« Sie legte den Vogel zurück in das Kästchen und bedeckte ihn mit Watte.

An den beiden nächsten Tagen hatte der Himmel Löcher und lag wie eine graue Wolldecke über der Stadt. Jule band sich eine Schleife ins Haar und nahm etwas von Ilonas Parfum.

»Meine Mutter war froh, als sie von Papa geschieden wurde«, sagte sie zu Lutz Petersen. »Weil er immer seine Pinsel in die Badewanne warf. Und weil er nackte Frauen malte.«

»Ich denke, das ist ganz normal für einen Maler?«

»Aber eine der nackten Frauen ging mit ihm nach Paris, und Ilona meinte, nun sei das Maß der Dinge voll.« Jule ließ diesen wunderschönen Satz, der sich ihr auf seltsame Weise entzog, auf der Zunge zergehen. »Ja. Das Maß der Dinge war voll«, wiederholte sie. Sie strich ganz zart mit einem ihrer dicken Finger über das rote Schächtelchen, das immer noch auf der alten Truhe stand. »Herr Petersen? Wenn ich dich zum Essen einlade, kommst du dann?«

»Nicht so gerne.«

»Warum nicht?«

»Ich bin ein Einsiedlerkrebs.«

»Was ist das?«

»Er verkriecht sich bei Gefahr in einer Schneckenschale.«

»Armer Einsiedlerkrebs«, Jules Gesicht wurde dunkel vor Mitgefühl.

»Oh ... Auf dem Gehäuse der Schnecke lebt eine Seeanemone und beschützt ihn.« •

»Bin ich eine Seeanemone?«

»Nein. Du bist ein Kuckucksei«, sagte er und grinste auf sie herab.

Jule fühlte einen ziehenden Schmerz in der Brust und fragte sich, ob sie wohl wieder Angina bekäme. Sie rieb ihren Kopf an seinem Arm und fühlte den rauhen Stoff seiner Jacke in ihrem Gesicht.

Als die Löcher am Himmel sich allmählich wieder mit zarter, frühlingshafter Bläue füllten, stand Jule vor einem Spiegel und schlüpfte in Ilonas Zigeunerrock. Sie sah aus wie ein dickes Bauernmädchen, das zum Markt ging, um einen Bären im Käfig zu bewundern. Jule besaß ein Buch mit russischen Märchen, und die Geschichte mit dem dicken Bauernmädchen und dem großen, traurigen Baren liebte sie am meisten. Der ziehende Schmerz verstärkte sich.

»Was essen eigentlich Einsiedlerkrebse?»fragte sie Lutz Petersen am Nachmittag mit listigem Augenaufschlag.

»Amöben. Und vielleicht Reste von Algen, ich weiß es nicht.«

»Amöben.« Jule zog dieses aufregende Wort in die Länge. »Ich lade dich zum Essen ein. Es gibt frisch geröstete Amöben in Meerschaumsoße und bunte Algenlimonade. Kommst du?«

»Da kann ich kaum widerstehen«, meinte Lutz Petersen und warf einen vorsichtigen Blick auf Jule. Aber Jule beugte sich tief über eine Zeitung und ließ ihr Gesicht zuwachsen, so sehr fürchtete sie sich davor, er könne es sich doch noch anders überlegen. »Morgen mittag?« murmelte sie.

Sie bekam Geld von Ilona. Viel Geld. »Du bist sehr emanzipiert, Jule«, meinte Ilona lächelnd. »Lädst dir deinen ersten Mann selbst ein, ohne zu zögern und zu zaudern.«

»Was ist emanzipiert?«

»Eine Frau, die nicht in herkömmlicher Weise entscheidet.«

»Bin ich denn eine Frau?«

»Seit deiner Geburt«, antwortete Ilona und verlor sich wieder in ihren Gedanken, die so kraus und wunderlich waren wie ihr schwarzes Haar.

Jule wartete. Sie wartete, dass Ilona noch etwas sagte, vielleicht, dass auch sie einmal eine ganz wunderbare Frau werden und alle Männer in sich verliebt machen würde. Aber Ilona starrte aus dem Fenster und schwieg.

Jule kaufte mit den Augen ein: Grüne und gelbe Paprikaschoten, blauen, fetten Kohl, weißen Käse, schwarze Oliven, leuchtend roten Lachs, sonnengelbe Bananen, lilafarbene Auberginen und herrlich frisches Brot, das duftete wie ein Sonntagmorgen auf dem Lande. Sie bedeckte den Tisch im Esszimmer mit einem großen, weißen Seidenschal, der Ilona gehörte, und breitete ihre Schätze darauf aus. Dann lief sie in den Garten und schnitt Tulpen, Märzenbecher und Forsythienzweige ab, stellte Blumen und Blüten in einen Sektkübel und den Kübel mitten auf den Tisch.

Lutz Petersen, der zur Feier des Tages ein frisch gebügeltes Hemd und dunkle Hosen trug, staunte.

»Er ist wunderschön, mein Tisch, nicht wahr?« fragte Jule stolz. Sie streckte sich und stellte sich auf die Zehenspitzen, so erwachsen kam sie sich vor, aber dann bemerkte sie, dass Lutz Petersen nur scheinbar auf die Worte lauschte, die sie sprach, dass er vielmehr ganz und gar versank in Ilonas Anblick und dass die Luft schwer und süß wurde ob seiner Bewunderung, und sie brach trotzig den Stengel einer

Tulpe ab und sagte: »Das meinst nur du, dass ich ein Kuckucksei bin. In Wirklichkeit bin ich eine Seeanemone, bloß, du siehst es nicht.«

Und er sah es auch nicht. Er ertrank in Ilonas grünen Wasserkieselaugen und blickte auf ihren blassen Mund und auf die schmalen, zarten Hände, er legte ein Lächeln in seine Stimme und sprach eine Sprache, die nur ihm und ihr gehörte.

Jule riss ihre Schleife aus dem Haar und trug den Blumenkübel hinaus ins Freie, ohne dass sie es bemerkten. Dann nahm sie auch die Auberginen, die Schoten, den Lachs, sie warf alles in den großen Holzbottich im Garten, in dem Großmutter den Abfall sammelte, und setzte sich wieder auf ihren Stuhl.

»Warum hast du alles fortgetragen?« fragte Ilona nach einer Weile, die Jule endlos vorkam.

»Weil das Maß der Dinge voll ist«, antwortete Jule böse und lief aus dem Zimmer.

Dann wurde sie krank. »Mein Herz hat Angina«, sagte sie zu Ronald, dem Arzt.

»Warum denn das?«

»Weil ich so gern eine Seeanemone wäre und kein Kuckucksei.«

Ronald schüttelte den Kopf. »Du wirst schon so verrückt wie deine Mutter.«

»Und wie meine Großmutter«, sagte Jule nachdenklich. Sie fand es traurig und beglückend zugleich, dass alle drei Frauen der Familie verrückt waren und Dinge taten, die keiner verstand. Später saß Ilona an ihrem Bett. Ihr schmales, katzenförmiges Gesicht war unruhig, ihre Hände fuhren über die Bettdecke, zupften an Jules Nachthemd. Ilona war auf der Jagd, Jule erkannte es an ihren Augen. »Du musst das verstehen, Jule. Lutz Petersen wollte dich nicht kränken. Er hat ... er hat sich mit mir nur so lange unterhalten, weil er mich das erste Mal sah.«

»Alle, die dich das erste Mal sehen, denken nicht mehr an mich. Aber er war mein Freund, verstehst du? Nicht der deine.«

»Wir mögen uns«, sagte Ilona. »Ist das so schlimm?«

Jule drehte sich zur Wand. »Es ist mir egal, ob ihr euch mögt. Und ich will ihn auch nie mehr wieder sehen!«

An ihrem Geburtstag kam er doch. Er drückte ihr ein kleines Päckchen in die Hand.

Als Jule es öffnete, erstarrte sie. Der Märchenvogel! Sein Schnabel schimmerte wieder in tausenderlei Farben, und seine Flügel waren zart und weit. »Für mich?« flüsterte sie.

»Nur für dich.«

»Warum schenkst du ihn nicht Ilona?« Es war das erste Mal, dass sie wieder mit ihm sprach, und sie vermied es, ihn anzusehen.

»Weißt du nicht mehr? Den Vogel soll nur besitzen, wer ein guter Freund ist. Oder eine gute Freundin.«

»Oder eine Seeanemone, die dich beschützt.«

Er nickte und lächelte und griff nach Ilonas Hand. Mit der anderen Hand aber berührte er Jules Gesicht, und diese Geste erschien ihr sehr viel zärtlicher und netter, als nur eine Hand zu ergreifen und sie zu halten. Und voll heißer Freude dachte sie, dass sie Ilona nun doch etwas voraus hatte: Sie hatte die Gabe, eine beste Freundin zu sein. Und die hatte Ilona nicht, nein, bei Gott, die hatte sie wirklich nicht.

Nimm's nicht tragisch, Annabell

Es regnete schon seit Tagen. Die ganze Stadt schien in Nässe und Feuchtigkeit zu ertrinken, die Kinder sprangen mit Gummistiefeln in die Pfützen, in den Gärten verfärbten sich die schweren Fliederdolden, und die Knospen der Pfingstrosen wurden braun und begannen zu faulen.

Annabell saß im Büro und starrte aus dem Fenster. Wenn nur Birgit bei diesem Wetter nicht immer Motorradbraut spielen wollte, dachte sie voller Angst, denn sie war eine ängstliche Mutter und Birgit eine Tochter wie alle Töchter. Was immer Annabell auch sagen oder einwenden mochte, beständig wechselte Birgits Gesichtsausdruck zwischen aufseufzender Gleichgültigkeit und gönnerhaftem Ist-ja-schon-gut-Mama.

»Frau Hollstein?«

Sie zuckte zusammen. »Ich habe das Protokoll schon getippt«, sagte sie hastig zu Dieter Hahn, der, gut gelaunt, eine Kaffeetasse in der Hand, ihr Büro betrat. Er lächelte ihr zu, und ihr fiel ein, dass sie heute Morgen nicht mehr dazu gekommen war, ihr Haar zu waschen, und dass die Farbe ihrer Bluse so fade war wie der ganze Tag.

»Morgen wird es etwas hektisch werden«, sagte er. »Die Brasilianer kommen bereits mit der ersten Maschine aus Frankfurt, und dann wird wohl einiges anfallen an Schreibarbeiten und Sekretariatskram.«

»Oh, das macht weiter nichts«, murmelte Annabell und sah an ihm vorbei.

»Aber nachmittags können Sie natürlich etwas früher gehen. Ich weiß, Sie haben Geburtstag morgen ... Der vierzigste, nicht wahr?« In seinen Augen lag leichte Belustigung.

»Ja, der vierzigste.«

»Soll für Frauen eine Art Zäsur sein, habe ich mir sagen lassen. Na, wird schon nicht so tragisch werden!« Er nickte ihr so aufmunternd zu, als sähe er sie bereits am Stock zu einem Altersheim trippeln, mit zittrigen Händen und schütterem Haar.

»Haben Sie diese Zäsur nicht auch schon hinter sich?« rief sie ihm erbost nach. Seinen Spott konnte er sich getrost sparen. Noch vor einem halben Jahr, als er in ihre Abteilung versetzt und neuer Bereichsleiter wurde, hatte er ihr in seiner schüchtern netten Art Komplimente gemacht, sie einmal sogar ins Theater eingeladen, zum Wein, zum Essen und somit zu den allerschönsten Hoffnungen berechtigt. Sie riss ein Blatt Papier aus ihrer Schreibmaschine und entschloss sich, da er sie keiner Antwort würdigte, Einsiedlerin zu werden.

Birgit telefonierte, als sie, bepackt mit Einkaufstüten, nach Hause kam.

»Du musst schon ein ganz plattes Ohr haben von deiner Lieblingsbeschäftigung.«

»Ich habe mit Markus telefoniert. Er hat mich für morgen Abend ins Kino eingeladen.«

»Und mein Geburtstag?« fragte Annabell beleidigt.

»Och, mein armes graues Mütterlein.« Birgit, schlank, groß, dunkelhaarig, lächelte amüsiert. »Du selbst hast die letzten Monate immer wieder betont, du wolltest gerade diesen Geburtstag nicht feiern. Nun, ich habe mich daran gehalten.«

»Aber jetzt komme ich mir doch etwas ... einsam vor. Keiner hat Zeit für mich morgen. Nicht einmal dein Vater.« »Du bist von ihm geschieden. Zehn Jahre schon.«

»Aber wir haben jedes Jahr zusammen gefeiert.«

»Tja. Irgendwann überleben Traditionen sich eben», sagte Birgit leichthin. »Warum gehst du nicht mit deinem neuen Boss aus? Er war doch so hinter dir her. Und er ist Junggeselle.«

»Ich will mit diesem taktlosen Menschen nichts mehr zu tun haben.«

»Na ja. Aber fest steht, dass du wie eine Trauerweide herumhängst die letzten Wochen. Ich finde es ja auch ganz schön ätzend, vierzig zu werden. Aber mal muss es doch sein, und du hast dich ganz gut gehalten für deine Jahre. So. Und nun muss ich mich beeilen. Ich bin verabredet.« Sie nahm Schirm und Jacke, winkte Annabell zu und ging.

Am nächsten Morgen trank Annabell nur eine Tasse Tee im Stehen. Birgit, die eine Lehrstelle als

Arzthelferin hatte, gab ihr einen flüchtigen Kuss auf die Wange, drückte ihr ein kleines Päckchen in die Hand und sagte: »Alles Gute zu deinem Geburtstag. Und nimm's nicht so tragisch, dass du dich allmählich der Schwelle des Alters näherst.« Sie zupfte Annabell am Ohr. »Ach ja, übrigens ... Heute Abend wollte ein Freund vorbeikommen und einen Stapel Schallplatten für mich abgeben. Du bist doch zu Hause? Ich bin nämlich, wie gesagt, im Kino.«

»Ja. Ich bin zu Hause. In eine Wolldecke gewickelt, vor dem Fernseher sitzend. Wie es sich gehört für eine vierzigjährige Greisin«, erwiderte Annabell spitz.

Als die Eingangstür zuschnappte und Birgits Schritte sich entfernten, öffnete Annabell das kleine Päckchen und lächelte. Ihr Lieblingsparfüm. Wie nett von Birgit. Doch trotzdem ... Sie trat vor den großen Flurspiegel, schaltete eine Wandlampe ein und betrachtete sich. Sie hatte ein schmales Gesicht, kurze, rote Locken, graugrüne Augen, einen vollen Mund. Ihre Haut war noch glatt, die Figur gut. Und doch war sie nicht mehr jung. Und so entsetzlich allein. All ihre Freundinnen, die so alt waren wie sie und die ihr Trost und Anteilnahme hätten spenden können an diesem schweren Tag, waren verreist, verschnupft, verhindert, ihre Tochter verabredet, Benno, ihr geschiedener Mann, mit Arbeit überlastet. Und Dieter Hahn? Tss! Ein Blindgänger, wie er im Buche stand. Annabell tupfte etwas Parfum hinter die Ohren und lauschte auf den Regen, der immer noch gegen die

Fensterscheiben prasselte.

Im Büro war es den ganzen Tag hektisch. Als die brasilianischen Geschäftsfreunde wohlversorgt in ihr Hotel zurückkehrten und Annabell sich aufatmend in einen der weichen Besucherstühle fallen ließ, dämmerte es bereits. So etwas von einem elenden Geburtstag, dachte sie und sprang, als das Telefon klingelte, hastig auf. Die Schar der Gratulanten! Na endlich!

»Hallo, altes Mädchen«, röhrte Benno in gewohnt charmanter Weise.

»Nett, dass du anrufst.« Annabell warf einen vorsichtigen Blick auf Dieter Hahn, der noch in Geschäftspapieren kramte und völlig abwesend wirkte.

»Ich wollte dir gratulieren. Wahrscheinlich ist dein Telefon heißgelaufen heute?«

»Ja. Natürlich«, erwiderte Annabell säuerlich. »Sogar unser Herr Bundeskanzler ließ es sich nicht nehmen, mir ein Glückwunschtelegramm zu schicken. Wieso hast du keine Zeit heute Abend?«

»Ich bin schon verabredet. Mit einer jungen Dame.« Sie spürte Bennos Grinsen sogar durchs Telefon.

»Ach. Ich habe mir schon sagen lassen, dass Männer in deinem Alter einen recht infantilen Geschmack entwickeln. Sonst noch was?«

»Nein. Oder doch: Nimm's nicht so tragisch, meine Alte.« Er gluckste vor Vergnügen.

Schien der Witz des Tages zu sein, ihr Geburtstag. »Ich? Wie kommst du bloß darauf?« fragte sie und knallte den Hörer so heftig auf die Gabel, dass Dieter Hahn den blondgelockten Kopf hob und sie dümmlich anstarrte.

Eine Stunde später bummelte sie durch ein Einkaufszentrum und konnte sich nicht entschließen, in ihre leere, kalte Wohnung zurückzukehren. Sie trank in einem kleinen Café einen Campari, aß einen Toast und überlegte. Was unternahm eine Frau, die vierzig Jahre alt wurde, eine herzlose Tochter, einen rohen Exmann und entsetzlich lieblose Freundinnen hatte und nach der kein Hahn mehr krähte, in des Wortes wahrhaftigster Bedeutung? Annabell lachte böse auf. Und tat, was schon Eva, des öden Paradieses und des keuschen Adams überdrüssig, tat: Sie kleidete sich ein. Denn es dürstete sie nach einem atemberaubenden Gewand, nach einer neuen Frisur, nach italienischen Pumps und nach schwarzen Strümpfen mit glitzernden Nähten.

»Ich sehe aus wie ein Glamour-Girl auf einer anrüchigen Herrenparty«, sagte sie kichernd zur Verkäuferin. »Aber ich möchte alles haben: das Kleid, die Schuhe, die Strümpfe. Und ich behalte alles an.« Mit dem Taxi fuhr sie zu einem bekannten Delikatessenladen, ließ den Fahrer warten, kaufte Champagner, Kaviar und Lachs und gab dann ihre Adresse an.

»Sie haben wohl Größeres vor heute abend?«

fragte der Taxifahrer und schenkte ihr einen überaus bewundernden Blick.

»Ich habe Geburtstag«, rief sie überschwenglich.

»Und bestimmt ist das Haus voller Gäste.«

»Na ja, so voll auch wieder nicht«, sagte sie und wurde rot.

Die Wohnung war dunkel. Sie ging in die Küche, entkorkte den Champagner, holte ein hohes Glas und schenkte sich ein. »Prost, Annabell Hollstein, vierzigjähriges Goldstück.« Sie trank das Glas in einem Zug leer, klemmte sich die Päckchen des Feinkostgeschäfts unter den Arm, öffnete die Wohnzimmertür und blieb starr vor Staunen, stehen.

Denn sie waren alle gekommen. Sogar Elfriede aus Konstanz und Benno, albern grinsend wie eh und je. Und Helga, Brigitte und Dorith. Und eine Nachbarin. Und der Hausmeister. Und Dieter Hahn, leicht verlegen.

»Aber ... aber ich dachte ...«

»Du sollst eben nicht soviel denken«, meinte Birgit lachend. »Glaubst du wirklich, wir lassen dich in deinem greisen Alter alleine feiern?«

»Aber deine Verabredung ...«

»Ich hatte keine Verabredung.«

»Und Bennos junges Rendezvous?«

»Warst du.«

»Und der Freund, der Schallplatten bringen sollte?»

»War der Lockvogel, damit du nach Hause gehst

und nicht, heulend vor Elend, in einem Stehausschank versumpfst.«

»Ich bin total erschlagen«, sagte Annabell gerührt. Und als sie sah, dass Dieter Hahn sich mit recht innigem Gesicht auf den Weg machte, das Zimmer zu durchqueren, um ihr seine Rosen zu den – schwarzbestrumpften – Füßen zu legen, fühlte sie sich keinen Tag älter als achtundzwanzig. Sie schlug höchst sittsam die Augen nieder und sagte mit tiefer Marlene-Dietrich-Stimme: »Sie sind ganz schön durchtrieben, wissen Sie das?«

Und er erwiderte: »Und Sie höchst verführerisch in diesem atemberaubenden Kleid.«

Dann geschah alles auf einmal. Die Sektpfropfen knallten, das Telefon klingelte, Elfriede aus Konstanz machte eine spitze Bemerkung über Dekolletés, die man ab einem gewissen Alter besser nicht mehr trug, und Benno verschluckte sein albernes Grinsen und wollte sie glatt noch einmal heiraten. War es nicht herrlich, vierzig zu werden? Ja, wahrhaftig, das war es.

Der Mann, der alles links machte

Wenn man Isabella fragte, was sie sich auf der Welt am meisten wünsche, antwortete sie mit unschuldig spöttischem Augenaufschlag und fester Stimme: »Ein schönes Heim und keinen Mann«. Die Reaktionen der so geschmähten Männer auf diese wahrhaft blasphemische Äußerung waren so unterschiedlich wie die Männer selbst: Verheiratete kräuselten die Lippen und warfen ihr das Wort »Emanze« an den Kopf, frisch Geschiedene konterten: »Und für mich ein schönes Heim und keine Frau«, während eingefleischte Junggesellen den Gedanken, sie zu einem trauten Beisammensein nach den Bürostunden einzuladen, flugs fallenließen und sich willigeren Opfern zuwandten. Über eines aber waren alle sich einig: Sie war etwas sonderbar, die gute Isabella, eine Perfektionistin, eine Autokratin und, was noch schlimmer war, ein verschrobener Blaustrumpf.

Beide Wünsche, die sie so bestimmt und aufrührerisch äußerte, sollten noch vor ihrem fünfunddreißigjährigen Geburtstag in Erfüllung gehen. Der Mann, mit dem sie jahrelang zusammengelebt hatte, bewarb sich als Computerfachmann (und, wie er sagte, vollkommen Isabella-geschädigt) in dem Emirat Kuwait, und Kuwait hatte Verständnis für seine Lage und sandte sofort die für die Ausreise erforderlichen Vereinbarungen und Papiere. Der Bausparvertrag aber, der Isabella die letzten paar Jahre das Wichtigste gewesen war, wurde zuteilungsreif. Sie beschloss, aus dem mit Jürgen so unglücklich bewohnten Reihenhaus auszuziehen und eine funkelnagelneue Dreizimmerwohnung, am Rande eines großen Parks, zu kaufen.

»Ich gebe dir noch einen guten Rat mit auf den Weg, meine liebe Isabella«, sagte Jürgen, als er seine Koffer packte und seine sorgsam gehütete Sammlung alter Kronenkorken in einer Kiste verstaute.

Isabella schürzte die Lippen und maß ihn mit einem ihrer kältesten Blicke: »Ich höre«, sagte sie.

»Sollte dich wieder einmal die Lust anwandeln, deine unleugbar vorhandenen rotblonden Reize an einen Mann zu verschwenden, achte darauf, dass er nicht nur penibel ordentlich, geräuschlos und von demütigem Charakter ist, sondern lass dir auch gleichzeitig eine notariell beglaubigte Erklärung vorlegen, dass in seinen Adern nicht Blut, sondern Zitronensaft fließt.«

Isabella lächelte verächtlich. »Ich brauche weder eine Erklärung noch so ein trauriges Exemplar Mann, wie du eines bist. Ich brauche überhaupt keinen Mann mehr. Zumindest keinen, der mir Morgen für Morgen mit seinem verschwiemelten Gesicht den ganzen Tag verdirbt.«

Jürgen nickte grimmig. »Das glaube ich dir gern. Frauen deiner Art kriegen ja alleine bei dem Gedanken, ein unrasierter Wüstling könne sich ihnen nähern oder gar einen seiner schmutzigen Socken im Badezimmer vergessen, einen Schreikrampf.«

Das »Frauen deiner Art« ärgerte Isabella. Hielt sie sich doch viel zugute auf ihr perfektes Leben, ihr perfektes Aussehen – sie war mittelgroß, schlank, hatte einen rotblonden Pagenkopf, graugrüne Augen und eine feingeschnittene Nase – und auf die Tatsache, dass sie eine untadelige Hausfrau, fleißige Bürokraft und emsige Sportlerin war. »Frauen meiner Art haben für dich doch nur den Nachteil, dass sie dir deine eigene Unzulänglichkeit bewusst machen. Ich wünsche dir also viel Glück« – sie bückte sich und überreichte ihm mit spöttischem Lächeln einen Kronenkorken, der auf dem Teppich lag – »und außerdem die Erfüllung all deiner Träume. Ich nehme an, du ziehst nun in einen Kral, angelst dir eine Eingeborenenfrau und setzt zehn Kinder in die Welt.«

»Zwölf«, sagte Jürgen. »Zwölf Kinder. Das ist immer noch nervenschonender, als mit dir zusammenzuleben. Ach ja ... Kuwait ist übrigens ein hochentwickeltes Land. Sollte sich vielleicht in deiner perfekten Bildung eine kleine Lücke befinden?« Mit diesen Worten verschwand er. Sie hörte nie mehr etwas von ihm.

Der Tag, an dem sie die neue Wohnung besichtigen und sich mit dem Bauherrn treffen sollte, war stürmisch. Graue Wolken jagten über den Himmel, auf den Straßen wirbelte Papier und Abfall auf, und

Isabella schlang einen Schal um den Hals und lief, so schnell sie konnte, zu ihrem Auto. Ihr sorgsam frisiertes Haar zerzauste sich, und ihr neues Seidenkostüm litt unter der feuchtkalten Luft; es wurde fleckig. Isabella stieg in ihr Auto, blieb einen Moment reglos sitzen und starrte durch die Windschutzscheibe. Sie fühlte sich nervös und gereizt. Warum nur? Ihr Büroalltag war ruhig, ihre Abende auch. Sie war weder körperlich noch nervlich überlastet, es gab keine Verwandten oder Freunde, die sie über Gebühr beanspruchten, es gab, im Grunde genommen, gar nichts mehr, das ihr Leben erschütterte. Die Ruhe eines Kirchhofs, dachte sie, weiterhin in die blaugraue, regenschwere Dämmerung starrend, und dieser Gedanke führte zu einem Abgrund der Erkenntnis, vor dem sie schaudernd verharrte. Nein, nein, es war das Wetter! Es war dieser verflixte, wetterwendische Monat April. Isabella hasste Wetterwendisches. Sie bevorzugte mehr das Gleichmaß der Dinge, Tage, die sich ruhig und ohne allzu große Überraschungen bergend aneinanderreihten. Tage, still und glatt wie ein See in der Abenddämmerung.

Sie straffte sich. Der April würde vorübergehen, nicht wahr? Sie schüttelte ihr Haar zurecht und suchte nach ihren Autoschlüsseln. Startete. Konzentrierte sich auf den Verkehr und fand doch Gelegenheit, Pläne zu schmieden. Der Umzug würde eine Menge Probleme mit sich bringen. Schmutz, Unordnung. Und eine Menge Handwerker würde sie, da nun ja so herrlich unbemannt, beschäftigen müssen, um Lampen aufzuhängen, Leitungen zu ziehen oder Schreinereinbauten vorzunehmen. Plötzlich lächelte sie, weil ihr einfiel, dass man den Elektriker, den Schreiner wieder nach Hause schicken konnte. Ein männlicher Partner, ein Ehemann gar, blieb einem. Schauderhaft!

Der Bauherr hieß Leonhard Graf und begrüßte sie an der Wohnungstür. Er war groß, sehnig, hatte graublaue Augen in einem gebräunten, mageren Gesicht. Seine Krawatte saß schief, und ein Knopf seines Hemdes fehlte. In Isabella regte sich Widerwillen. Da reichte er ihr die linke Hand und sagte: »Verzeihen Sie, ich bin der Mann, der alles links macht«, er zeigte auf seinen rechten Jackenärmel. Er hing lose von seiner Schulter. Leonhard Graf war einarmig. Isabella wurde über und über rot. Natürlich konnte seine Krawatte nicht gerade sitzen, konnten seine Hemdenknöpfe nicht vollzählig sein. Warum urteilst du immer nur nach Äußerlichkeiten? ging es ihr durch den Kopf, sehr kurz nur, denn sie hatte sich angewöhnt, jegliche Kritik an sich zu verdrängen. »Guten Tag«, murmelte sie und vermied es, auf den lose baumelnden Ärmel zu starren.

Die Wohnung war perfekt. Von den Vorhangschienen bis zu den Fußbodenleisten – sie war perfekt. »Ich habe so viele gute Tips von Kollegen bekommen, auf was ich bei der Wohnungsabnahme alles achten muss«, sagte sie erstaunt. »Aber ich kann beim besten Willen keine Mängel entdecken.«

Leonhard Graf lächelte. »Ich bin Bauherr mit Leib und Seele. Die Firmen, mit denen ich zu tun habe, sind immer die gleichen, wir arbeiten schon seit Jahren zusammen. Ich zahle gut und erhalte gute Leistungen. Ich habe einen Namen zu verlieren, wissen Sie.« Er sagte es mit großem Selbstbewusstsein.

»Ich ...« Isabella stockte. Dann meinte sie: »Ich beziehe die Wohnung alleine. Ich bräuchte noch einen Elektriker für meine Lampen und einen Schreiner für ein paar Einbauten. Ich nehme an, Sie haben gute Kontakte.«

»Aber ja. Ich gebe Ihnen zwei Adressen. Sagen Sie ...« Abermals lächelte er sie an, und sie sah, dass seine graublauen Augen an den Rändern einen Schimmer Grün enthielten und sich bereits feine Fältchen bis hinauf zu den Schläfen bildeten.

»Sie waren für heute die letzte Käuferin, die ich herumführte. Es war ein guter Tag. Einer, den man nett beschließen sollte. Hätten Sie Lust, mit mir essen zu gehen?«

»Nein, danke«, antwortete Isabella steif. »Ich habe schon gegessen.«

»Dann vielleicht ein Gläschen Wein? Ich habe einen Horror davor, in meiner leeren Wohnung eine Sardinenbüchse aufzumachen und ein einsames Bier zu trinken.«

Isabella überfiel der Gedanke, dass sie ebenfalls

keine Lust hatte, in ihre leere Wohnung zurückzukehren. Zum zweiten Mal an diesem Tag erschrak sie.

»Ein andermal vielleicht.« Sie streckte ihm ihre Hand entgegen, und er sagte, er werde sich in Kürze telefonisch melden.

Er war nett. Er besorgte ihr den Elektriker, den Schreiner, ein Umzugsunternehmen, er gab Ratschläge, schenkte Kameradschaft und das wärmende Gefühl, dass man zwar alleine, aber nicht einsam war. Isabella empfand es als sehr angenehm, einen Mann zu kennen, der keinerlei Ansprüche stellte, gar nicht stellen konnte, wie sie fand (war er nicht einarmig und so etwas wie ein Neutrum?) und der trotzdem immer ansprechbar und zur Stelle war, wenn man seiner bedurfte.

»Ich möchte Sie gerne zu einem kleinen Abendessen zu mir nach Hause einladen«, sagte sie eines Tages, als die Wohnung fertig und spiegelnd vor Sauberkeit darauf wartete, bewundert zu werden.

Sie sah, wie sehr er sich freute. Der grüne Schimmer seiner Augen wurde stärker, er drückte ihr mit seiner linken Hand den Arm und meinte: »Ich komme. Ich komme gern.«

Sie stellte das Essen sehr sorgfältig zusammen, deckte den Tisch mit ihrem besten Geschirr und betrachtete stolz ihre weißen Schleiflackmöbel, die weiße Ledercouch, den weißen Teppich. Sie verschob

Vasen, Aschenbecher, Nippesfiguren, sie versprühte Eau de Cologne, wurde unendlich zufrieden, ruhig, verstömte sich in der Harmonie der Räume.

Der Blumenstrauß, den Leonhard brachte, missfiel ihr auf Anhieb. Sie liebte zarte, pastellfarbene Blumen, Lilien, Orchideen, Nelken. Sein Strauß aber protzte in vielerlei Farben, weiß, rot, gelb, er passte sich der Eleganz ihres Zimmers nicht an. Leonhard schlüpfte mit dem linken Arm aus seinem Sakkoärmel, griff zur rechten Schulter und warf das Sakko auf die weiße Ledercouch. »Sie haben doch nichts dagegen?« fragte er. »Man spürt den Sommer förmlich, es ist so schwül heute, finden Sie nicht?«

Der leere Hemdsärmel irritierte sie. Auch Leonhards Anblick, erhitzt von der Schwüle des Tages, lebendig, irdisch, zu irdisch. Er warf einen Aktenordner auf den niedrigen Couchtisch, ein Aschenbecher aus Perlmutt verrückte. Sie versuchte, sich abzulenken, doch immer wieder wanderten ihre Augen zum Tisch, ihr Kopf begann zu schmerzen, und sie wurde so nervös, dass sie aufstand, den Aschenbecher nahm und im Schrank verschloss.

Der Abend misslang. Sie hatte Fleisch gebraten, ohne zu bedenken, dass er es nicht schneiden konnte. Er bat sie, es für ihn zu tun, mit einem selbstbewusst charmanten Lächeln.

»Ich ... Bitte entschuldigen Sie. Ich habe nicht daran gedacht. Sie bewegen sich immer so sicher, so gewandt.« Sie biss sich auf die Lippen.

»Oh, es macht mir nichts, mich ein wenig bedienen zu lassen. Als ich meinen Arm verlor – es war ein Berufsunfall –, dachte ich zuerst, mein Leben sei sinnlos geworden. Aber das war natürlich eine kindische Reaktion. Nach und nach lernte ich, mit einem Arm zurechtzukommen. Sie wissen ja – ich bin der Mann, der alles links macht! Und es gut macht. Ich bilde mir sogar ein, manche Dinge sehr viel besser zu machen als andere.«

»Wie finden Sie die Wohnung?« fragte sie, um abzulenken.

Leonhard schwieg, sah sich noch einmal um, und sie erahnte sein Unbehagen. Zwar lobte er die Einrichtung, die vielen kleinen Dinge, an denen ihr Herz hing, doch seinem Lob fehlte die übliche Wärme. Und als sie begann, von Jürgen zu erzählen, von ihrem gescheiterten Zusammenleben, streifte er sie mit einem vorsichtigen Blick und sagte: »Sie kommen mir fast ein wenig vor, als lebten Sie unter einem Glassturz. Was hat Sie denn so empfindlich gemacht gegen die rauheren Winde des Lebens?«

»Mich?« fragte sie, und der Schmerz in ihrem Kopf nahm zu.

»Nun ja ...« Er legte seine linke Hand auf ihre verkrampften Finger. »Ihre Wohnung blitzt vor Sauberkeit, Sie lassen Ihr Auto zweimal die Woche waschen, Sie verabscheuen größere Ansammlungen von Menschen, wie Sie mir erzählt haben ... Das alles lässt mich zu dem Schluss kommen, dass Sie ein kleiner Einsiedler sind, der den Drang hat, durch äußere Ordnung innere Zufriedenheit herzustellen. So etwas funktioniert aber eher umgekehrt.«

»Ich bin kein Einsiedler. Ich genüge mir nur meistens selbst«, sagte sie mit so abweisendem Gesicht, dass er das Thema sofort fallenließ.

Dann – eines Tages im Mai – passierte die Geschichte mit der Katze. Leonhard klingelte, war außer Atem, trug einen braunen alten Korb unter seinem linken Arm und sagte: »Der kleine Kater ist ein ausgesprochener Notfall. Wir fanden ihn in einem Haus, das abgerissen werden soll. Halbverhungert und von seiner Mutter verlassen.«

»Was soll ich mit einer Katze?« fragte sie entsetzt. »Ich ... ich hatte noch nie ein Haustier.«

»Es ist wunderbar, abends die Tür aufzusperren und begrüßt zu werden, glaube mir«, antwortete Leonhard gemütlich. Seit jenem denkwürdigen Abend, an dem er sie zum ersten Mal besucht hatte, duzten sie sich. Er setzte den kleinen Kater, abgemagert, mit verklebtem, eitrigem Katzengesicht und so hungrigen Augen, wie Isabella sie selten gesehen hatte, auf die weiße Couch.

»Ich will keine Katze«, sagte sie voller Panik.

»Sieh mal ... Ich bin so oft verreist. Du aber bist fast immer zu Hause. Zumindest abends und am Wochenende. Katzen sind Nachttiere. Sie schlafen tagsüber viel, du könntest Felix also guten Gewissens behalten.«

»Felix?«

»So heißt er.«

»Ich hasse es, abhängig zu sein.«

»Abhängig? Abhängig ist der kleine Kerl höchstens von dir.«

»Ich hasse es auch, wenn man von mir abhängig ist.«

Leonhard lachte. »Nun sei nicht so zickig. Du vollbringst eine gute Tat.« Er stellte ein paar Büchsen Katzenfutter auf den Tisch und ging. Einfach so. Sie starrte auf die Tür, die sich hinter ihm schloss, und war nahe daran, in Tränen auszubrechen.

Sie behielt die Katze nicht. Sie brachte sie am nächsten Tag in ein Tierheim. Ein Bekannter hätte den Kater gefunden, erzählte sie. Sie hätte ihm eine Nacht Quartier gegeben, dem Kater natürlich, nicht dem Bekannten ... Isabellas Stimme kletterte ein paar Nuancen höher, auf ihren Wangen brannten rote Flecken, und ihre Hände begannen zu brennen wie Feuer. Sie könne das Kätzchen nicht behalten, fuhr sie fort. Sie müsse sehr viel verreisen, sei so gut wie nie zu Hause.

Man nahm ihr das Tier ab. Als Isabella den kleinen Kater auf den Tisch setzte und er vertrauensvoll mit eitrig verklebtem Gesicht zu ihr aufsah, wurde ihr übel. Sie schloss für einen Moment die Augen und unterschrieb dann hastig ein Formular, das bestätigte, dass sie eine herrenlose Katze gebracht und in die Obhut des Tierheims gegeben habe. Beim Hinausgehen sah sie, wie der kleine Kater ihr nachblickte, vertrauensvoll noch immer, und das Gefühl der Übelkeit verstärkte sich.

Als Leonhard sie am nächsten Abend besuchte, trug er einen wunderschönen, neuen Katzenkorb unter seinem linken Arm und strahlte sie an. »Was macht Felix?« fragte er.

»Er ist nicht mehr hier.«

Seine Augen wurden schmal. »Wo ist er?« Er fragte es knapp, kühl, und sie zuckte zusammen.

»Im Tierheim.«

»Im Tierheim?«

»Ja, im Tierheim. Man sorgt dort dafür, dass er ärztlich behandelt wird und dass er ein Zuhause bekommt.«

»Wer, glaubst du, nimmt einen verhungerten, verlausten, kranken kleinen Kater?«

»Wenn er gesund ist ...«

»Ich habe das Tier dir gebracht.«

»Ich wollte es nicht.«

»Ja«, antwortete er bitter. »Ich habe natürlich nicht bedacht, dass deine weißen Möbel, deine kostbare Ledercouch, dein Teppich, deine Seidenvorhänge darunter leiden könnten. Ich frage mich wirklich, warum ich meine Zeit mit dir verplempere. Mit einer Person ...« Er atmete heftig und schwieg dann.

»Mit welcher Person?« fragte sie und ahnte, was er

antworten würde.

»Mit einer Person, die so kalt und tot ist wie ein Marmorengel auf dem Friedhof. Und ich Trottel habe wirklich geglaubt, dass du und ich ...«

»Wie kommst du darauf?« Sie fragte es so erstaunt, dass er stutzte. »Ich habe dich sehr gern, wie du hoffentlich bemerkt hast. Und ich habe Mitleid mit dir. Mir scheint, du gerätst in immer größere Isolation, aus welchen Gründen auch immer. Und deshalb ...«

»Du hast Mitleid mit mir? Du?« Als sie die Worte hervorstieß, verächtlich, böse, gefroren seine Augen, und die Stille zwischen ihnen dehnte sich endlos.

»Ach so«, meinte er mit weißen Lippen und legte seine gesunde, kräftige Hand auf den rechten Jackenärmel. »In deinen Augen bin ich ein Krüppel, ein Neutrum, du hast dir meine Freundschaft gefallen lassen, weil du annahmst, ich wüsste selber, dass einer wie ich gar kein Recht hat, sich in eine so makellose Person wie dich zu verlieben. Nun ...« Er lachte spöttisch auf. »Ich glaube fast, der Krüppel von uns beiden bist du. Du hast nämlich eine verkrüppelte Seele, mein Kind.« Er wandte sich ab und ging zur Tür.

»Vergiss den Katzenkorb nicht«, rief sie böse.

Aber er antwortete nicht, verließ die Wohnung, und wieder stand sie lange Zeit, starrte auf die Tür, lauschte auf seine Schritte, die sich rasch und zornig entfernten, und fühlte sich ausgehöhlt, leer, arm.

In der Nacht träumte ihr, sie sei wieder ein Kind.

Ihre Mutter zog ihr ein rosarotes Organdykleid an und schärfte ihr ein, sich nicht schmutzig zu machen. Doch sie beugte sich zu einer kleinen Katze mit eitrig verklebtem Gesichtchen und drückte sie an sich. Das Kleid bekam Flecken, und Isabella erwachte. Ihr Herz jagte, und als sie ihr Gesicht betastete, spürte sie, dass sie geweint hatte.

Am nächsten Morgen konnte sie nicht aufstehen. Sie fühlte sich wie gerädert, und als sie sich zum Telefon schleppte, um einen Arzt anzurufen, stieg wieder Übelkeit in ihr auf. Ihre Arme und Beine brannten wie Feuer, sie stützte sich mit beiden Händen auf eine Kommode und blickte mit matten Augen in den Spiegel: Kalter Schweiß bedeckte ihr Gesicht, und um Mund und Nase bildeten sich schuppig rote, juckende Flecken.

Der Arzt kam eine Stunde später. »Eine Nervenentzündung offensichtlich«, sagte er, nachdem er sie gründlich untersucht hatte. »Ein bisschen rätselhaft, das Ganze. Hatten Sie sehr viel Stress in letzter Zeit? Aufregung?«

Isabella versuchte zu lächeln. »Zu wenig Stress«, sagte sie und dachte an Leonhard. Wenn er jetzt hier wäre, ihr Mut zuspräche! Der Mann, der alles links machte ...

Als sie allein war, rief sie ihn an. Er meldete sich nicht. Isabella verfiel in eine immer trostloser werdende Depression. Ihr fiel ein, dass sie schon einmal für ein paar Stunden eine Katze besessen hatte. Ihr Vater hatte sie ihr geschenkt und ihre Mutter hatte sie mit angewidertem Gesicht in den Garten getragen. Am Abend war das Kätzchen verschwunden. Isabella, sich ihrer kindlichen Verzweiflung erinnernd, schloss die Augen. Der sonnendurchtränkte Tag lag so schwer auf ihr wie ein buntbesticktes, dickes Tuch.

Erst ein halbes Jahr später traf sie Leonhard wieder. Sie trat, aus einer Arztpraxis kommend, auf die Straße, und plötzlich stand er vor ihr. Er trug einen hellen Mantel, sein mageres, braunes Gesicht verschloss sich, als er sie sah. »Wie geht's?« fragte er lediglich.

Sie überlegte kurz. »Besser«, meinte sie.

»Besser? Ging es dir denn schlecht?«

»Ich war lange Zeit krank. Ich war zuerst im Krankenhaus, dann im Sanatorium.«

Sofort änderte sich der Ausdruck seines Gesichts. »Das tut mit leid. Weswegen warst du im Krankenhaus?«

»Eine ... Art Nervenentzündung.«

»Wie lange?«

»Sechs Wochen. Und weitere sechs Wochen im Sanatorium.«

»Und dein Beruf?«

»Ich habe ihn aufgegeben. Ich drücke wieder die Schulbank.«

Er sah sie fragend an.

»Ich studiere Medizin und Psychologie. Weiß der Himmel, ob ich hinterher je einen guten Job bekomme, ich werde schon uralt sein, bis ich fertig bin, aber ich bin besessen von dem Gedanken.« Sie lachte.

»Warum studierst du erst jetzt?«

»Ich. wollte es schon immer. Schon als ganz junges Mädchen. Aber meine Mutter war dagegen. Sie war auch dagegen, dass ich ins Ausland ging. Sie war gegen meinen ersten Freund, sie war gegen Haustiere, sie war gegen alles, dem ich mich mehr widmen wollte als ihr. Wenn ich mich als Kind schmutzig machte, bekam ich Hausarrest. Und wenn Vater mir helfen oder mich unterstützen wollte, flüchtete sie sich in eine Krankheit.« Isabella sah Leonhard nachdenklich an. »Sie war eine sehr, sehr arme Frau, meine Mutter.«

Sie schwiegen. Dann fragte sie: »Lebst du ... immer noch allein?«

»Nein. Nicht mehr. Schon länger nicht mehr.«

Sie nickte, ganz so, als ob sie verstünde. Verstand es auch. »Hättest du Lust, wieder einmal bei mir zu Abend zu essen? Natürlich... natürlich mit Begleitung.« Sie wurde rot.

»Meine Begleitung ...« er wiederholte ihre Worte mit gutmütigem Spott, »meine Begleitung wird keine Lust haben, fürchte ich. Aber ich komme gern alleine, wenn es dir recht ist.«

Sie nickte. Ein Windstoß fuhr ihr durchs Haar, und es begann zu regnen. Ohne Schirm lief sie zu ihrem Auto und drehte sich noch einmal um. Leonhard sah ihr nach, und sie hob die Hand und winkte ihm zu.

Wieder brachte er ihr einen bunten Strauß. Dann ging er durch alle Räume. Die Möbel waren umgestellt, einige Bilder hingen anders. »Doch sonst ist alles beim alten«, stellte er fest. »Nur nicht mehr ganz so ordentlich.«

»Ich bin bemüht, mich umzukrempeln. Aber es ist nicht einfach. Ich werde noch lange Zeit brauchen, um alte Verhaltensmuster abzulegen, ohne deshalb in Panik zu geraten. Am schlimmsten ist mir der Gedanke an die kleine Katze, die ich fortbrachte. Aber damals wäre es mir einfach nicht möglich gewesen, sie zu behalten. Du hattest ganz recht: Ich war ein Krüppel der Seele.«

Er erzählte ihr, dass er gerade an einem teuren Projekt arbeite, einer großen Wohnbausiedlung, die er als Bauherr betreue und zum ersten Mal auch als Inhaber. »Du siehst, auch ich hatte einen Traum«, meinte er, doch er wirkte nicht so froh, so begeistert wie früher, er war abgespannt, sein Gesicht blass.

»Übernimm dich nicht«, sagte Isabella, die ihn aufmerksam musterte.

Er lächelte. Ob sie es denn nicht mehr wisse? Er sei der Mann, der alles links mache. Doch ein Funken Unsicherheit stahl sich in seine Augen. Bevor er sich verabschiedete, meinte er bedauernd, er könne sich längere Zeit nicht melden, da ihn seine Geschäfte voll in Anspruch nähmen und er auch noch ein paarmal verreisen müsse.

»Wenn du zurück bist, ruf mich an«, antwortete sie ruhig, doch ihre Ruhe war vorgetäuscht. Sie hatte Angst vor den Tagen reglosen Wartens. Außerdem – er lebte nicht mehr allein, nicht wahr? Sie hatte keinerlei Anspruch auf ihn.

Sie las von seinem Bankrott in der Regenbogenpresse. Ein kleiner Bauherr mit dem Drang nach oben hätte sich verspekuliert, hieß es, er hätte über seine Verhältnisse geplant, einen Schritt zuviel gewagt. Die Artikel waren voll leiser Ironie, und Isabella machte sich sofort auf den Weg zu Leonhards Büro.

Er war nicht da, und seine Sekretärin, ein Taschentuch an die Augen führend, erzählte ihr, eine Bank habe das ganze Projekt nun übernommen, und er, er sei wohl verreist. Oder auch zu Hause. Wenn sie sich vielleicht dort umsehen würde?

Sie erschrak, als er, bleich und unrasiert, öffnete.

»Oh? So schnell schon? Was doch sachliche Zeitungsberichte alles vermögen.«

Er war verbittert. Hörte ihre Argumente, ihre Trostworte, höflich schweigend, an. Er kam ihr vor wie ein Gespenst in einer fremden, riesengroßen

Wohnung, und das Mitleid schnürte ihr die Kehle zu.

»Nun komm«, sagte sie streng. »Du bist nicht der erste, der ein großes Risiko eingegangen ist und verloren hat. Was willst du eigentlich? Du bist Bauherr mit Leib und Seele, hast du mir einmal gesagt. Du wirst also einen Job finden, um dein Können und Wissen zu verwerten. Du bist noch jung, gesund, hast deine beiden Hände ...« Sie erstarrte vor Schreck ob ihrer geschwätzigen Taktlosigkeit, verführt von Gemeinplätzen, Floskeln, sie wurde blutrot und vermied es, ihn anzusehen.

Doch er, er lachte. Befreit. Alles Gespenstische verlor sich. »Wie tatkräftig muss ich doch wirken, wenn du ganz vergisst, dass ich meine beiden Hände nicht mehr habe. Danke, Isabella. Nun geht's mir tatsächlich ein wenig besser.« Er lehnte sich zurück und berichtete leicht und entspannt, dass schon ein eher kleiner Kredit, gemessen an der Größe des Projektes, ihm weitergeholfen hätte. Aber natürlich hätte man den Kredit nicht gewährt. Einem Bauriesen sei von den Banken das Geschäft zugeschoben worden. »C'est la vie«, meinte er achselzuckend.

»Du wirst es wieder schaffen.«

Er stand auf, streckte sich. »Du hast recht. Was hältst du von einer Tasse Kaffee?«

Als sie in die Küche gingen, stolperte sie fast über einen runden Korb. Eine Katze schreckte auf.

»Nanu? Du hast jetzt eine Katze?« rief sie

überrascht.

»Nicht irgendeine Katze. Unsere Katze. Felix. Ich habe dir doch erzählt, ich lebe nicht mehr allein.«

Felix. Ein vereitertes, verschmutztes kleines Katzengesicht, dessen Augen ihr vertrauensvoll folgten. Die sie verfolgten bis in die fiebrigen Träume der ersten Zeit ihrer Krankheit hinein. Isabella stand lange Zeit an derselben Stelle. Viele Dinge gingen ihr durch den Kopf, und Leonhard beobachtete sie, abwartend, forschend.

Da sagte sie: »Es ist eigentlich Blödsinn, zwei große Wohnungen zu besitzen. Wir könnten eine davon verkaufen. Was meinst du?«

Sofort holte er Papier und Bleistift, und, den Stift sicher und gewandt in der linken Hand führend, erklärte er ihr, was er als erstes zu tun gedenke und wie leicht es sei, wieder von vorne zu beginnen. Sie aber nahm Felix auf den Arm, und als er seine Krallen streckte und aus ihrer neuen Seidenbluse ein paar Fäden zog, lachte sie.

Lieben Sie Langusten?

»Sie wünschen?« fragte die grauhaarige, schlanke Verkäuferin und wurde noch eine Spur vornehmer als die vornehm verschnörkelte Einrichtung. Helga deutete auf das rote Kleid im Schaufenster. »Kann ich das mal anprobieren?« fragte sie und wippte vergnügt auf den Zehenspitzen.

Zu Hause löste Helgas Mutter den roten, spinnwebenzarten Traum aus den vielen Schichten beigefarbenen Seidenpapiers und war begeistert. »Wunderbar, Helga«, sagte sie und lächelte ihrer Tochter zu.

Helga gestand es sich nicht ein, aber sie freute sich wie selten zuvor auf den kommenden Abend. Man denke! Eine Silvesterparty mit Frank Wessler! Im vornehmsten Hotel der Stadt! Sogar ein paar Stadträte hatten ihr Kommen zugesagt und etliche Wirtschaftsgrößen.

Sie hatte Frank vor drei Monaten in einer Disco kennengelernt. Er war anders als die jungen Männer, mit denen sie vorher befreundet gewesen war. Er hatte Abitur gemacht, besaß ein eigenes Reitpferd und arbeitet als Praktikant in der Möbelfabrik seines Vaters. Nun ja, Papa Wesslers Begeisterung hielt sich natürlich in geziemenden Grenzen, wenn von ihr, Helga, die Rede war. Was war sie auch schon? Eine kleine Stenotypistin, deren Mutter in einem Kaufhaus arbeitete und deren einziges Vermögen ihr unzweifelhaft vorhandener gesunder Menschenverstand war.

Aber auch Helgas Mutter war skeptisch.

»Ich weiß nicht, Kind. Hernach lässt er dich sitzen. Heiraten wird er dich nicht. Die heiraten immer nur Geld. Und dann der Standesunterschied ...«

»Aber Mutti. So etwas gibt es doch heute gar nicht mehr. Außerdem, wer denkt denn gleich ans Heiraten?«

Na ja, wer schon. Sie natürlich. Sie dachte unablässig daran, und sie dachte sogar weiter. Sie schrieb sich in einer Sekretärinnen-Schule ein, kaufte sich das Buch *Benehmen wieder sehr gefragt* und abonnierte eine solide Zeitung, eine, die auf der ersten Seite Politik und auf der letzten die Kulturnachrichten brachte. Kurzum, sie begann, etwas aus sich zu machen. Denn manchmal glaubte sie genau zu spüren, dass Frank sich ihrer schämte. Wenn sie Kaktusse sagte statt Kakteen. Oder Fremdwörter nicht verstand. Oder so gar nichts über Böll und Grass wusste. Da schlich sich dann so ein vornehmes Gekräusel um seinen Mund, und seine Augen wurden so kühl, als sei er der geheimnisvolle Fremde in der U-Bahn und ihr gänzlich unbekannt. Nein, danke, dachte sie und dachte es immer öfters. Sie würde lernen, und sie würde büffeln. Und würde es am Ende geschafft haben. Wozu hatte sie schließlich ihr kluges Köpfchen?

Am Silvesterabend drehte und wendete sie sich vor dem großen Spiegel im Flur, befeuchtete ihre Lippen und zwinkerte sich übermütig zu. Wie hübsch sie war! Ihr schwarzes, glattes Haar glänzte, ihr schmales Gesicht mit den dunklen Augen wirkte fast so lieblich wie jenes von Schneewittchen, als es seinen silbernen Prinzen erblickte, und das Kleid saß wie eine zweite Haut und ließ ihre langen Beine noch länger erscheinen. Plötzlich nahm Helgas Mutter ein schmales Etui aus der Schürzentasche. »Meine Perlenkette«, sagte sie. »Ich schenk sie dir.«

Helga hatte einen Kloß im Hals. »Ach, Mutti«, antwortete sie und schluckte.

»Lass nur, Kind. Ich geh seit Papas Tod doch sowieso nirgends mehr hin ...«

Und dann kam Frank. Ein sehr eleganter Frank mit blondem Haar, frischgestutztem Schnurrbart und weißem Schal im dunklen Mantel.

»Tschüss, Mutti«, sagte Helga aufgeregt. Ihr Herz klopfte bis zum Hals, und in ihrem Bauch kribbelte es, als hätte sie ein Kilo Ameisen verschluckt.

Als sie das Hotel betraten, war sie wie geblendet.

Gläser und Bestecke funkelten, ein riesiges Buffet wuchs aus der Mitte des Saales, Butterberge, zu kunstvollen Pyramiden verschlungen, protzten zwischen Langusten und Schnecken und machten die Augen satt.

»Wahnsinn«, sagte Helga und betrachtete fasziniert einen unglaublich dicken Mann, der löffelweise rosa Salat in sich hineinschaufelte und dabei gottserbärmlich schnaufte. Wie konnte ein Mensch nur so hungrig sein!

Sie holten sich Teller und luden auf. Um die Langusten machte Helga einen großen Bogen. »Ehrlich, weißt du, wie man Langusten isst?« kicherte sie Frank ins Ohr und wurde rot, als er sie ganz eigenartig musterte.

Plötzlich rief er: »Mensch, Grit, was für eine Überraschung! Ich werd' verrückt.«

Und das wurde er auch. Er tanzte herum um eine blonde, grazile Person mit herrlich grünen Augen, nackten, weißen Schultern und einem Kleid, das von Dior sein musste. »Helga, darf ich dich mit Fräulein Dürkheim bekanntmachen? Wir haben zusammen das Abi gemacht ... Du studierst jetzt Kunstgeschichte, nicht?« Er wandte sich wieder an Grit, die Helga ziemlich lässig die Hand reichte und sie taxierte. Helga fühlte sich, als hätte sie eine Warze im Gesicht. Oder die längste Laufmasche der Welt.

Von nun an stand sie nur herum, denn Grit und

Frank hatten sich so viel zu erzählen wie zwei alte Frauen auf einer Bank im Stadtpark. »Ich geh mal ein bisschen spazieren«, sagte sie und trottete zur Bar. Bestellte Sekt, obwohl sie Sekt nicht vertrug. Sah Mutter vor sich, die zu Hause saß und an sie dachte. Wie hübsch sie war. Und wie verliebt Frank mit ihr tanzte. Sie stieg um von Sekt auf Whisky. Neben ihr lehnte ein großer Teddybär mit braunen, warmen Augen, verwuscheltem Haar und Händen voller Sommersprossen. Er lächelte Helga an.

»Na? So tiefsinnig?«

»Ich denke über das Leben nach«, antwortete Helga und fühlte, wie ihr Kopf in riesigen, weichen Wattebergen schwamm. Ein schönes Gefühl, fand sie. Das schönste, seit sie hier war.

»Nun? Und das Ergebnis?«

»Echt bescheiden. Man denkt, man macht etwas aus sich. Lernt richtig sprechen. Kauft rote Kleider in der Theatinerstraße.« Sie schüttelte den Kopf. »Das nützt aber gar nichts. Gar nichts, sage ich ihnen. Was man braucht, ist ein Vater mit einer Möbelfabrik. Oder einen, der die Tochter so als Schnörkel aufzieht. Sie Kunstgeschichte studieren lässt oder Sprachen. Damit sie später repräsentieren kann, verstehen Sie? Nicht arbeiten. Repräsentieren.« Sie trank den Whisky aus und starrte trübsinnig in ihr leeres Glas. Der Teddybär aber schwieg und war sichtlich beeindruckt von ihren fundamentalen Erkenntnissen.

»Sehen Sie, ein kleines Beispiel«, fuhr sie fort.

»Wenn Sie Langusten mögen und wissen, wie man diese Tierchen isst, dann gehören Sie dazu. Wenn Sie aber ...« Sie stockte. Frank und Grit tanzten engumschlungen an ihr vorüber. Ob die sich noch an sie erinnerten? Egal. Sie bestellte noch einen Whisky.

»Wenn ich aber was?« fragte ihr Nebenmann und grinste ein so nettes Grinsen.

»Glauben Sie mir«, sagte Helga, leicht verwirrt, und sah an ihm vorbei. »Man muss Langusten essen können wie andere ihre Schweinerippchen. Und man muss das gewisse Etwas haben.«

Der Teddybär war lieb. Er sagte, sie hätte doch das gewisse Etwas, er rückte fürsorglich einen Aschenbecher näher und stellte sich sogar vor.

»Ich heiße Werner Bergmann.«

»Und ich Helga Fehringer«, antwortete sie feierlich und gab ihm die Hand.

Am nächsten Tag hatte sie einen Kopf so dick wie ein praller Kürbis. Sie versuchte, sich zu erinnern. Sie sah eine blonde Grit, die engumschlungen tanzte, einen grinsenden Teddybären mit Pfeife im Gesicht und ein Taxi, in das sie, laut singend, kletterte. Erschrocken schloss sie die Augen und zog die Decke über den Kopf. Mein Gott, dachte sie erschüttert. Was für ein Murks! Sie konnte genausogut sterben.

Da klopfte es. »Für dich ist ein Paket abgegeben worden«, sagte ihre Mutter und stand ein wenig ratlos in der Tür. Helga riss die Verpackung auf. Eine große, rote Languste lag da und glotzte sie blöde an. Vor Schreck übersah sie fast die Karte: »Ich hasse Langusten. Wie wäre es mit Schweinerippchen morgen Abend?«

»Ach, Mutti«, sagte Helga und spürte, wie ihr Gesicht immer breiter und breiter wurde vor Freude. »Es war ein herrlicher Silvesterabend. Der herrlichste seit Jahren!«

Als Anna Geiger nach fünfwöchiger Abwesenheit das Büro ihres Vorgesetzten betrat, straffte sie die Schultern, warf den Kopf zurück und sagte sich, dass man gewisse Schicksalsschläge eben hinzunehmen und mit der nötigen Fassung zu tragen habe. Ihre dunklen Kirschaugen wurden noch eine Spur dunkler, und der herzerfrischende Charme einer Frau Ende zwanzig, die genau wusste, was sie wollte, verließ sie nicht einen Augenblick. »Meine liebe, liebe Anna«, sagte Dr. Rösler lediglich und sagte es mit sehr viel Spott. »Zurück aus der Provinz? Und ganz ohne Erfolg, wie ich höre?«

»Tja. Ohne Erfolg.«

»Woran lag's?«

»Es sprach sich bald herum, dass ich von einer Münchner Immobilienfirma komme. Und dass unsere Kunden einen Wald abholzen und ein riesiges Hotel errichten wollen. Die Gegner heulten auf wie zehn liebeskranke Hunde. So laut, dass sogar der Gemeinderat schwankend wurde.«

»Also überhaupt nichts aufzuweisen?«

»O doch«, sagte Anna und lächelte bitter. »Xaver Mosbichl, örtlicher Gemeinderat, meinte, ich sei ein sehr resches Frauenzimmer und weitaus besser für anderes geeignet denn für harte Männergeschäfte. Und der Viehhändler Untermoser versuchte, mich in ... nun ja, mich zu kneifen. Während eines Heimatabends im ›Goldenen Lamm‹.«

»Für ein Zehnmillionenobjekt ließe sogar ich mich kneifen.« Dr. Röslers Lippen verzogen sich, für seine Verhältnisse ein geradezu überschäumender Heiterkeitsausbruch.

»Bitte. Dem steht nichts im Wege«, antwortete Anna steif. Und als er schwieg, setzte sie sehr zornig hinzu: »Es tut mir außerordentlich leid. Aber wenn diese sturen Bauernschädel nicht wollen ...«

»Und zu dieser negativen Urteilsfindung brauchten Sie fünf lange Wochen?«

»Vier«, antwortete Anna und wurde rot. »Die letzte Woche hatte ich Urlaub, wie sie wissen.«

»Den Sie am gleichen Ort verbrachten. Am Ort ihrer Niederlage. Warum?«

Anna verschluckte die Antwort. Sie war einfach untröstlich. »Haben Sie nun ein anderes Projekt für mich oder ...«

»Oder«, sagte Dr. Rösler. »Leider habe ich für Sie nur ein ›Oder‹.«

Das ›Oder‹ hieß so viel wie Verbannung nach Sibirien. Schreibtischarbeit. Kaffee kochen. Mit Kaufwilligen Eigentumswohnungen besichtigen. Briefe tippen. Manchmal hielt Anna inne und sah aus dem Fenster.

»Was ist eigentlich mit dir?« fragte Jürgen eines Tages. Jürgen war Arbeitskollege und Beichtvater in einem und gelegentlich sehr an Anna interessiert.

»Du trägst Trauer und hast einen so tränenfeuchten Gesichtsausdruck, dass man fast versucht ist mitzuweinen.«

Anna schwieg. »Ich kann mich selbst nicht mehr leiden«, sagte sie dann. »Und verstehen kann ich mich erst recht nicht.«

»Bist du verliebt?«

»Ja. In einen Mann, der vom einfachen Leben schwärmt. Und in einem netten Bauernhäuschen lebt, mit Hühnern und Gänsen und einer Scheune, in der er seinen Hobbys frönt. Hobeln zum Beispiel. Und Schuhe besohlen.«

»Du hast dich in einen Bauern verliebt?« fragte Jürgen erstaunt.

»Nun, nicht gerade in einen Bauern. In einen Dorfschullehrer namens Benedikt Schweizer. Er ist nur nebenbei so ein bisschen Bauer. Und ein verdammter Idealist.«

»Ach, du liebes bisschen«, stöhnte Jürgen. »Ein Idealist.« Es klang fast so schlimm wie »geisteskrank«.

»Wir telefonieren zwar noch ab und zu«, meinte Anna. »Aber tief innen sind wir miteinander furchtbar böse. Er mit mir, weil ich die Vertreterin einer Branche bin, die er ablehnt. Und ich mit ihm, weil ...« Ja, warum eigentlich? fragte sich Anna im Stillen. Weil er auf dem Dorf lebte und sie in der Stadt? Weil er ein Schwärmer war und Dr. Röslers Projekt torpediert hatte? »Und ich mit ihm, weil er sogar seinen Hühnern Namen gibt und einfach ein unmöglicher

Kerl ist«, vollendete sie vage.

»Hühner mit Namen? Wie putzig.« Jürgen grinste.

»Das Huhn, das mein Frühstücksei legte, hieß Frau Möllemann und war mir sehr zugetan«, meinte Anna streng. »Immer wenn Frau Möllemann mich sah, fing sie an zu gackern.« Sie seufzte abgrundtief und suchte nach ihrem Taschentuch.

Am Abend klingelte das Telefon. »Frau Möllemann ist traurig«, sagte Benedikt. »Sie hatte sich so an dich gewöhnt.«

»Wie geht's?« Anna bekam weiche Knie und blickte auf Benedikts Foto, das auf ihrem Schreibtisch stand und sie sehr blond und blauäugig anlächelte.

»Och. Ganz gut. Abgesehen von der Tatsache, dass ich immer noch gegen die Hotel-Mafia kämpfe. Und dass du mir fehlst.«

Anne malte ein großes Huhn auf den Block am Telefon.

»Nun gut. Lassen wir das«, sagte Benedikt. »Ich rufe dich aus einem anderen Grunde an. Ich brauche die Namen der Geldgeber.«

»Welcher Geldgeber?«

»Der Geldgeber, die diesen entsetzlichen Schandkasten bauen wollen. Ich habe so etwas läuten hören, dass der Gemeinderat fast wieder am Umkippen ist und doch noch seinen Segen geben will. Wenn ich die Namen hätte und Fotokopien der negativen Stellungnahmen, könnte ich zu den Geldfritzen gehen und ihnen das Projekt madig machen. Und ihnen erzählen, dass kein Mensch nach Neudettelbach fährt, um dort seinen Urlaub zu verbringen.«

»Ich kann dir weder Namen geben noch Kopien. Ich darf dir überhaupt keine Auskünfte erteilen. Die Forderung nach Loyalität der Firma gegenüber ist sogar in meinem Arbeitsvertrag verankert.« Anna zeichnete unter das dicke glückliche Huhn ein dickes glückliches Ei.

»Loyalität! Und wenn etwas vollkommen schwachköpfig ist?«

»Nun sei doch vernünftig, Benedikt!«

»Ich will aber nicht vernünftig sein. Und ich schaffe es auch ohne dich, verlass dich drauf!« Er atmete zornig aus. »Und möge deine ganze Branche zum Teufel gehen«, setzte er noch hinzu. Dann legte er auf.

Am nächsten Tag holte Anna die Akte »Neudettelbach«, suchte nach den negativen Gutachten und den ablehnenden Briefen des Gemeinderats, den verheerenden Stellungnahmen des Naturschutzbeauftragten, schnipselte und kopierte und versandte fünf wichtige Briefe an fünf wichtige Geldgeber. Dann wartete sie.

Sie brauchte nicht lange zu warten. »Frau Geiger?« Dr. Röslers Stimme war so rauh wie Benedikts selbstgestrickte Schafwolljacke. »Bitte kommen Sie sofort zu mir.«

Anna nahm ihre Puderdose, verdeckte zehn erschrockene Sommersprossen, legte Rouge auf und besprühte sich mit Parfum.

»Das Projekt ›Neudettelbach‹ ist gestorben«, sagte Dr. Rösler, und die Worte schlüpften gefährlich leise aus seinem Mund. »Man hat negative Briefe an die Financiers versandt. Und die Financiers haben nun von dem ganzen Hickhack die Nase endgültig voll.« Er schwieg. Die kleine antike Uhr auf seinem Schreibtisch tickte.

»Sie könnten natürlich alles abstreiten«, sagte er dann. »Aber ich weiß inzwischen, dass Sie mit einem der schärfsten Gegner des Projekts liiert sind.«

»Ich streite es nicht ab. Ich finde nämlich auch, dass es eine Schande ist, das kleine Wäldchen abzuholzen und dieses grässliche Hotel in die Landschaft zu klatschen.«

»Gut. Wir senden Ihnen Ihre Papiere zu. Und wenn ich Ihnen noch einen wohlgemeinten Rat geben darf: Suchen Sie sich einen anderen Beruf. Ich sage ja immer, dass Frauen für dieses Geschäft nicht taugen.«

»Danke für das Kompliment«, erwiderte Anna. »Es ist sehr erfreulich zu hören, dass nur Männer für derartiges in Frage kommen.«

Am Abend rief Benedikt wieder an, ätzend und schadenfroh. »Ich belästige dich nur eine Sekunde«, sagte er. »Du wolltest mir die Adressen ja nicht nennen. Aber die Herren waren wohl selbst so klug. Sie haben ihren Antrag zurückgezogen. Das Projekt ist tot, es lebe das Projekt.«

»Was soll das heißen?«

»Dass etwas Vernünftigeres gestartet wird. Es werden von der Gemeinde Blockhäuser im Wäldchen errichtet. Blockhäuser für Feriengäste. Nach einem Modell, das schon im Schwarzwald und im Bayerischen Wald läuft. Die Gewinnspanne ist natürlich wesentlich niedriger. Aber es reicht immer noch. Du siehst also, idealistische Spinner erreichen doch ab und zu etwas.« Anna lächelte böse. »Na dann ...« sagte sie. »Alles Gute, lieber Benedikt. Und grüß Frau Möllemann schön von mir.«

Die nächsten paar Wochen las sie aufmerksam die Annoncen in den Zeitungen, entschied sich für eine Position, die ihren Plänen diente, und wartete abermals. Und wartete wiederum nicht vergebens. Denn bald schon betrat Benedikt Schweizer mit rotem Gesicht und fliegenden Haaren ihr Büro, seine Augen blitzten, an seiner Schafwolljacke fehlte ein Knopf.

»Mein liebes Fräulein«, sagte er und kramte in seiner Aktentasche. »Bitte melden Sie mich dem Herrn Weinzierl. Ich vertrete die Initiative ›Unser Dorf soll dörflich bleiben‹ und ...«

Plötzlich erstarrte er. »Was tust du denn hier?« fragte er und sah recht einfältig aus.

»Ich bin tätig für den Herrn Naturschutzbeauftragten Weinzierl.«

»Ausgerechnet du? Als Wolf im Schafspelz oder was?«

»Als Sekretärin.«

»Und hast deswegen München verlassen und dich in die Kreisstadt verirrt? Warum?«

»Weil mir die Eier der Frau Möllemann abgehen.«

Benedikt musterte sie. »Hat er dir gekündigt, der Kerl, als er hörte, dass du nicht erfolgreich warst?«

»Ja. Hat er.«

»Was für ein Leuteschinder! Obwohl du so loyal warst. Und nicht einmal mir die Adressen gabst.«

»Tja. Obwohl ich so loyal war«, antwortete Anna und hatte ein braves, glattes Schulmädchengesicht.

»Und nun?«

»Ich suche mir gerade eine Bleibe. Kannst du mir vielleicht behilflich sein?«

»Ich wüsste was in Neudettelbach«, sagte Benedikt rasch und trat einen Schritt näher. »Ein reizendes Bauernhaus. Allerdings mit Inventar und Mann.«

»Mit Mann?«

»Und Hühnern, die Namen haben.«

»Ein gutes Angebot«, sagte Anna. »Vor allen Dingen wegen der Hühner.« Sie lachte. Und da Benedikts mutige Initiativen sich anscheinend nur auf dörfliche Dörfer und grüne Wäldchen erstreckten, stand sie auf und umarmte ihn. Dann schob sie ihn aus dem Zimmer.

»Und vergiss nicht, Frau Möllemann zu grüßen«,

rief sie ihm nach. »Sie soll schon mal anfangen, mein Frühstücksei zu legen.«

Die geborene Ehefrau

»Aber liebe gnädige Frau«, sagte der Scheidungsanwalt begütigend. »Nun beruhigen Sie sich. Entspannen Sie sich. Und denken Sie daran ... nichts wird so heiß gegessen, wie es gekocht wird.«

»O doch«, antwortete Eva. »In meinem speziellen Fall wird sehr wohl so heiß gegessen, wie ich gekocht habe. Meine zweite Scheidung ... stellen Sie sich das bloß vor. Und dabei war ich immer der Überzeugung, ich sei die geborene Ehefrau.« Sie schnupfte durch die Nase, die der Anwalt ebenso reizend fand wie Evas zierliche Figur, den schlanken Hals und die kleinen Hände.

»Sie müssen ein Kind gewesen sein bei Ihrer ersten Scheidung«, sagte er galant.

»Im Geiste ... im Geiste bestimmt. Ich war sehr jung, als ich das erste Mal heiratete. Gerade neunzehn. Und ich heiratete meinen Traum. Oh, was für ein Mann! Eine Eiche war er. Und ich der kletternde Efeu.«

»Der Efeu?«

»Ja. Ist dieser Vergleich nicht sehr nett? Er stammt von ihm, von Theo. Theo ist Kaufmann, ein lyrischer Kaufmann ... Efeu, der anschmiegsam ist und rankt und klettert, sagte er oft zärtlich. Und ich fühlte mich auch als solcher. Ach ja ...«. Sie seufzte. »Theo war übrigens zwölf Jahre älter. Ein erfolgreicher Geschäftsmann. Er bestach Mama mit zartgelben

Rosen, Papa mit herrlichen Bilanzen, meine Freundinnen mit einem hervorragenden Aufschlag beim Tennis. Als wir heirateten, war ich die glücklichste Frau der Welt.« Evas Stimme schwankte bedenklich.

»Wohl eher das glücklichste Kind der Welt«, meinte der Scheidungsanwalt leise lächelnd.

Eva wurde rot. »Wie auch immer ...«, antwortete sie verlegen. »Alles ließ sich großartig an. Ich war den ganzen Tag zu Hause, denn Theo war der Meinung, eine Frau gehöre ins Haus. Ich kochte all die Lieblingsspeisen, die mir meine Schwiegermutter verriet, ich häkelte Spitzendeckchen für Klavier und Frühstückstisch, ich pflanzte Rosen und Hibiskus und stand am Abend in der Tür, wenn Theo nach Hause kam.«

»Dann verstehe ich aber nicht ...«

»Als ich alle Lieblingsspeisen gekocht und die Rosen zum Erblühen gebracht hatte, überlegte ich, was jetzt zu tun sei. Und da erschrak ich. Da war so wenig. Ich spielte natürlich Tennis ... aber was tat ich bei Regen? Ich hielt auch Kaffeeklatsch und machte jede Woche mit Mama einen Einkaufsbummel, aber ...«

»Es füllte sie nicht aus?«

»Wie gut Sie mich verstehen.« Eva sah den Anwalt bewundernd an. »Es füllte mich nicht aus. Also beschloss ich, Spanisch zu lernen. Schließlich ... Spanisch ist eine wunderschöne Sprache, in der Schule hatte ich den ›Don Carlos‹ so geliebt. ›Dreiundzwanzig Jahre, und nichts für die Unsterblichkeit getan!‹« Evas Augen blitzten. »Nun. Ich nahm also Spanischstunden. Bei einem Studenten. Bei Viktor.«

»Ein Spanier?«

»Nein. Ein Deutscher. Groß, blond und so alt wie ich. Er wohnte in einem niedlichen kleinen Studentenzimmer, das Bett stand in der Ecke ...« Eva räusperte sich. »Viktor trug nur Jeans und kurzärmelige Pullis, er war sehr stark.« Sie schwieg und blickte aus dem Fenster. Ihre braunen Locken ringelten sich im Nacken, und der Anwalt sah, dass sie ein kleines Grübchen am Kinn hatte.

»Dann nahmen Sie also Unterricht ... bei Viktor.«

»Nun ja.« Eva biss sich auf die Lippen. »Viktor hatte so nette Ansichten«, sagte sie dann zögernd. »Über die Ehe. Und über Partnerschaft. Er war sehr emanzipiert, wenn Sie wissen, was ich meine.«

»Und dies alles auf Spanisch ...« Der Anwalt schmunzelte.

»Auf Deutsch. Sehr gründlich auf Deutsch.« Evas Grübchen vertieften sich. »Sehen Sie«, fuhr sie fort, »Viktor wünschte sich eine selbständige Frau. Eine, die berufstätig war. Er denke nicht daran, sagte er, eine Familie alleine zu ernähren, derweilen sein Eheweib sich im Schwimmbad räkele. Er denke auch nicht daran, seinem ersten Herzinfarkt entgegenzurasen, nur um die immensen Kleiderrechnungen seiner Frau bezahlen zu können und ihre Spanischstunden. Nein.«

»Was wünschte er sich also?«

»Dass wir ohne Trauschein zusammenlebten. Dass ich arbeiten ginge, so wie er. Denn inzwischen hatte er seine Studien beendet. Und dass wir uns die Hausarbeit teilten. Wäsche waschen, einkaufen, putzen . alles eben. Eine wirkliche Partnerschaft.«

»Sie erzählen bereits in Wir-Form, liebe gnädige Frau?«

»Ja.« Eva errötete. »Theo war doch nie da ... Und ich bin eine Frau, die Gesellschaft braucht. Der Efeu, erinnern Sie sich? Was tut der arme Efeu, wenn die Eiche plötzlich in anderen Wäldern steht? Kann er doch unmöglich wurzeln, der Efeu ...«

»Tja.« Der Anwalt lächelte. »Was tut so reizender Efeu ohne Eiche ...?«

»Also ließ ich mich scheiden«, fuhr Eva mit süßer Stimme fort. »Und als Vater Theos herrliche Bilanzen und Mutter ihre wöchentlichen Teerosen verschmerzt hatten, zog ich zu Viktor. Und dann begann's.«

»Was begann?«

»Die Tragödie, lieber Herr Doktor. Meine Tragödie. Ich hetzte frühmorgens ins Büro, ich hetzte am Abend in den Supermarkt, ich hetzte nach Hause. Viktor steckte die Wäsche in die Waschmaschine und erzählte von seinem Chef. Während ich die Wäsche aufhängte, goss er unseren einzigen Blumenstock, und während ich die Zimmer saugte, studierte er das Kochbuch, um mir sagen zu können, was er sich zum Abendessen wünsche. Nach dem Essen stellte er den Geschirrspüler an. Unseren Freunden erzählte er, Hausarbeit sei heute eigentlich nur mehr ein Bedienen von Maschinen: Waschmaschine, Spülmaschine, fertig!« Eva lachte verächtlich. »Ich aber kam nicht mehr dazu, fernzusehen oder anderen interessanten Beschäftigungen nachzugehen, denn ich war ständig müde. Zu müde, verstehen Sie?«

Der Anwalt wiegte bedenklich den Kopf.

»Aber das war leider nur der Anfang. Es kam noch viel, viel schlimmer. Denn nun machte Viktor Karriere. Er kam nicht mehr um sechs Uhr nach Hause, um den Blumenstock zu gießen und um im Kochbuch zu blättern. Nein. Jetzt hatte er Besprechungen ... Meetings. Und keine Firma, die auf sich hält, macht ein Meeting am Vormittag. Ein Vormittags-Meeting ist plebejisch, ein Spätnachmittags-Meeting dagegen äußerst schick und ein Privileg. Es sah bestimmt toll aus, wenn die Elite ging, Meetings abzuhalten. Tja, und nach dem Meeting nahm man noch einen Whisky, man sah auf die Uhr und sagte, o là là, bereits so spät, ach Gott, dieser Stress ... Man strebte nach Hause und setzte sich an den gedeckten Tisch und war böse, dass die Frau nicht so adrett aussah wie die Sekretärin, die den Whisky serviert hatte.«

»Ts, ts, ts.« Der Anwalt schüttelte den Kopf.

»Und so nahm die Tragödie ihren Lauf. Ich ging ins Büro, ich versah den Haushalt, ich koordinierte, organisierte, ich wurde zur Traumfrau. Wenn ich vielleicht zu Hause bliebe ... sagte ich manchmal. Doch da wurde Viktor sehr zornig. Er könne sie nicht ausstehen, diese hirnlosen Hausfrauen, diese kuchenfressenden Pelztiere, sagte er, er wünsche echte Partnerschaft. Ich auch, schrie ich da. Ich wünsche auch echte Partnerschaft. Vor allen Dingen beim Kochen und beim Putzen! Ja ... das war der Anfang vom Ende. Viktor fand dieses Wühlen in den Niederungen des Lebens höchst gewöhnlich, er strafte mich mit Nichtachtung. Nun, und ich ... ich strafte ihn auch. Und als wir uns einige Zeit gegenseitig gestraft hatten, ließ Viktor sich außer Whisky auch anderes servieren, und ich legte lediglich das Kochbuch auf seinen ungewaschenen Teller.«

»Nun, liebe gnädige Frau, wenn ich Sie recht verstand ... oder eigentlich doch nicht verstand ... Sie sagten, dies sei ihr zweites Scheidungsbegehren? Sie waren mit Viktor aber doch gar nicht verheiratet?«

»Nein. Mit ihm war ich nicht verheiratet. Aber ich traf Theo wieder, meinen ersten Mann. Ich war so froh und glücklich, ihn wiederzusehen. Ich erinnerte mich an die Eiche und den Efeu, an meine Tennisstunden und an Mutters Rosen und wie glücklich Papa über die Bilanzen gewesen war. Und ehe ich mich versah und ehe ich eigentlich besonders nachgedacht hatte, war ich wieder verheiratet. Wieder mit Theo.«

»Mit Theo?«

»Ja, mit Theo«, sagte Eva bitter. »Und zur Hochzeit schenkte er mir etwas ganz Besonderes· Ich schenke dir deine Freiheit, mein Liebling, sagte er. Alles soll so werden, wie du es dir ehedem wünschtest. Er hatte umgedacht, mein Theo. Das Leid, sagte er, habe ihn umdenken lassen. Er sehe jetzt ein, dass dies kein Leben sei für eine junge tatkräftige Frau. So ohne jede Beschäftigung. Und deshalb schenkte er mir zur Hochzeit einen Job. Als Sekretärin. In seiner Firma. Und seiner Zugehfrau kündigte er auch.«

Der Anwalt schwieg, und Eva sah in hilfesuchend an. »Verstehen Sie?« fragte sie leise. »Jetzt begann alles von vorne. Wieder hetzte ich vom Büro nach Hause, ich kochte, ich wusch ... ach ja. Sogar bei Mutter hatte er umgedacht. Sie bekam im Zuge weiblicher Sippenhaft keine Teerosen mehr. Nur Vater war zufrieden. Theos Bilanzen wurden immer besser. Klar doch, wo Sekretärin und Zugehfrau entfielen ...«

»Mein Gott, wie leid mir das alles tut ...« sagte der Anwalt.

»Nicht wahr? Es ist grausam. Wir leben in einer Welt der Männer ... Wenn man bedenkt, dass nur Theo und mein Vater zufrieden sind? Und Mutter und ich ...« Eva zog ein feines seidenes Tüchlein aus der Tasche und hielt es gegen ihr Gesicht.

»Sie werden ganz sicherlich nicht lange alleine sein, die Welt hat auch Männer, die anders denken ...« Der Anwalt straffte sich.

Eva nahm ihr Tüchlein vom Gesicht und strahlte. »Sehen Sie. Das ist es«, rief sie. »Deshalb eilt es mit meiner Scheidung. Wir möchten nämlich so schnell wie möglich heiraten.«

»Sie möchten was?« Der Anwalt starrte sie an.

»Ich bin wieder mit Viktor zusammen, wissen Sie.« Evas Augen blickten unschuldig. »Ich traf ihn im Supermarkt. Beim Einkaufen. Sein Einkaufsnetz riss gerade, und sein Hemd hatte einen schmuddeligen Kragen. Der Ärmste! Er war ein gebrochener Mann. Ein ganz anderer Viktor als vorher. Das Leid habe ihn zu dem gemacht, was er jetzt sei, sagte er. Er habe ganz falsch gedacht, er wolle mich wiederhaben, er wolle, dass wir heirateten, dass ich zu Hause bliebe, seine Lieblingsspeisen koche, in seinem Garten Rosen pflanze und am Abend, ausgeruht und nett, auf ihn warte. Ist er nicht himmlisch, mein Viktor?«

»Sicher, sicher ...« meinte der Anwalt verwirrt.

»Ich weiß, es ist sehr, sehr anrüchig, zwei Scheidungen, drei Hochzeiten. Als sei ich ein Vamp ... oder eine Schauspielerin mit sehr viel Vorleben. Aber wenn man nun einmal zur Ehe geboren ist?« Sie sprang auf, reichte dem Anwalt die Hand und schwebte, leicht wie ein Frühlingshauch, aus dem Zimmer.

›Femme totale‹, dachte der Anwalt zerstreut. Ihr Parfum heißt ›Femme totale‹. Und er begann, einen Schriftsatz zu diktieren. »In Sachen Eiche gegen Efeu«, sagte er, räusperte sich und schüttelte dann unwillig den Kopf.

Ein kleines Stückchen heile Welt

Lea Keller war nicht so leicht aus der Ruhe zu bringen. Sie arbeitete in der Telefonzentrale einer großen Firma, und alle, die ihre ruhige, nette Stimme hörten, waren angenehm berührt.

Doch heute war auch sie nervös. »Ich rufe den Vermieter jetzt einfach an«, sagte sie plötzlich zu Beate Krause. Beate nickte.

Es dauerte lange, bis Herbert Reitmeier das Telefon abnahm. »Hier spricht Lea Keller. Ich bin die Nichte von Frau Schweighart. Meine Tante wohnt in Ihrem Zweifamilienhaus in der Kurfürstenstraße.«

»Und?« Seine Stimme war kühl.

»Ich habe mir gedacht ... ich wollte Sie bitten, die Kündigung der Wohnung nochmals zu überdenken. Sehen Sie, meine Tante wohnt schon fünfzehn Jahre in diesem Haus, sie kennt alle Leute in der Gegend, mein Onkel liegt auf dem Friedhof direkt um die Ecke. Man kann doch einen Menschen, der schon weit über siebzig ist, nicht mehr anderswohin verpflanzen ...«

»Mein liebes Fräulein. Ich bin kein Sozialpfleger. Ihre Tante klagte immer über meine Mieterhöhungen. Und ich wollte sowieso im Erdgeschoss mein Büro einrichten. Also, was lag näher ... Und wenn Sie glauben, ein Rechtsanwalt könnte Ihnen weiterhelfen, nun, er kann nicht. Sie wissen, für Zweifamilienhäuser liegen die Verhältnisse im Mietgesetz etwas anders.«

»Wir reden aneinander vorbei«, sagte Lea mutlos. »Ich rede von einem Menschen, dessen Wohl mir am Herzen liegt. Und Sie reden von Gesetzen.« Sie legte auf.

Am Tag des Umzuges schien die Sonne. Im Garten des Hauses Kurfürstenstraße 12 flogen Spatzen durch die kleine Pfütze, der alte Kirschbaum trug bereits harte, grüne Früchte, und Kathie Schweighart ging noch einmal den geharkten, schmalen Weg entlang. Sie legte ihre Hand kurz auf die sonnenwarme Lehne der verwitterten Holzbank. Hier hatte Konrad des Abends immer gesessen und seine Zeitung gelesen. Und dort drüben, die Pfingstrosen und den Phlox, ja, das alles hatte er kurz vor seinem Tod gepflanzt.

Lea stand am Fenster. Sie sah schmal und klein aus in ihren Jeans, mit dem weiten blauen Hemd und dem kurzen, blonden Haar. Arme Kathie, dachte sie. Wie mochte ihr wohl zumute sein?

Die Umzugsleute waren nett. Sie wuchteten Kathies alte Möbel in ihren großen Wagen, scherzten, sahen sich verblichene Fotos an und tranken eine Flasche Bier. Kathie saß sehr aufrecht in Leas Auto, als alles verpackt und erledigt war.

Die neue Wohnung lag mitten in der Stadt. Die Fassaden der umliegenden Gebäude bröckelten, und die Jahre lasteten wie krumme Buckel auf den grauen Häusern.

Sie schleppten Möbel, eine Zuckerdose zerschellte,

Kathie rannte, die Scherben in der Hand, aufgeregt hin und her. Als die Männer endlich gingen, stand Konrads alter Ohrensessel verloren neben den Aschentonnen. Man hatte wohl gedacht, er bliebe da.

Plötzlich war Kathie allein auf dem Hof. Sie zupfte ihre Kleiderschürze zurecht, ihre dünnen, schiefen Beine in den ausgetretenen Schuhen zitterten ein wenig. Mit dem Zeigefinger strich sie über eine gestopfte Stelle auf Konrads Stuhl. Ein paar Tauben flatterten auf und hockten sich auf eine Teppichstange. Die letzten paar Sonnenstrahlen krochen krumm und bleich um die Aschentonnen und verfingen sich in Kathies grauem Haar.

»Du, Kathie«, rief Lea. »Tragen wir den Stuhl nach oben?«

Kathie wandte ihr das Gesicht zu und lächelte. »Hast du die Tauben gesehen?« fragte sie. »Ich muss noch irgendwo Körner haben ...«

Eine Stunde später klingelte es. »Hallo«, sagte ein Riese in engen Jeans und altem T-Shirt. »Wir sind Nachbarn von oben. Eine Wohngemeinschaft. Wir haben gesehen, dass Sie einziehen, und wollten Sie einladen zu Kaffee und Kuchen«. Er gab Kathie die Hand.

Der große Wohnraum oben war kunterbunt. Kathie staunte. Da war nichts in Ordnung und trotzdem alles auf seinem Platz und urgemütlich.

»Sie werden sehen, es wird Ihnen gefallen. Wir

sind zwar nicht gerade das Ritz, aber es ist lustig bei uns. Hier, unsere Ruth arbeitet in einem Kinderhort, der Peter geht noch zur Schule, ich studiere Maschinenbau, und Ursel kriegt gerade ihr vaterloses Kind. Sie liegt im Krankenhaus. In der Wohnung drüben leben die Eders und daneben der alte Herr Marxsteiner. Den werden Sie mögen. Er weiß die schönsten Geschichten von früher. Er ist ein Unikum, und er wird sich freuen, dass Sie da sind.«

Kathie taute auf. Sie erzählte von ihrer alten Wohnung, trank einen Schnaps und verblüffte mit modernen Ansichten. Alle lachten.

»Mein Gott, war das nett«, meinte sie auf der Treppe und unterdrückte einen kleinen Schluckauf.

Spät am Abend – Kathie lag bereits wie eine rotbackige Frau Holle in blütenweißen Kissen – schlich Lea einen Stock höher und klingelte. »Ich wollte meine Schulden bezahlen«, flüsterte sie. »Ich bin Ihnen so dankbar, dass Sie ein bisschen heile Welt gespielt haben. Sie ist ganz glücklich, meine Kathie.«

»Wir wollen kein Geld«, sagte der Riese verlegen. »Kommen Sie, trinken Sie noch ein Bier mit mir.« Er holte ein Glas.

»Wissen Sie ... Sie haben uns direkt ein wenig beschämt. Wir wären nicht auf die Idee gekommen, Ihre Tante einzuladen. So ist das eben heute ... Und zuerst fand ich das Heile-Welt-Getue auch ziemlich bekloppt, aber dann ... Es war wirklich nett, mit ihr zu reden. Also, Sie können sicher sein, Ihre Kathie war nicht das letzte Mal bei uns.« Er prostete ihr zu.

»Mein Gott, was bin ich froh, dass dieser Tag vorbei ist. Ich sah meine Tante schon ins Wasser gehen oder an Konrads altem Ledergürtel baumeln. Na, dann ...« Lea stand auf. »Herzlichen Dank einstweilen. Ich werd' mich revanchieren, mit einer extragroßen Flasche.« Sie lächelte.

»Sie haben eine nette Stimme, wissen Sie das?« fragte er plötzlich.

»Klar weiß ich das«, antwortete sie keck und beschloss, die Flasche schon ein wenig früher mitzubringen als geplant.

Eine ganz normale Frau

Als Benno die junge Frau zum ersten Mal sah, saß sie auf dem nachbarlichen Balkon, eine Decke um die Füße gewickelt, die Augen geschlossen. Ihre dichten, schwarzen Wimpern warfen lange Schatten, ein leichtes Lächeln lag um ihren Mund. Die dunklen Locken fielen bis auf die Schultern. Sie wirkte wie ein taufrisches Schneewittchen, das zwischen Geranien und Hibiskus saß und auf die Heimkehr der Sieben Zwerge wartete.

Das nächste Mal traf er sie im Lift. Er hielt ihr höflich die Tür auf. Im gleichen Moment erstarrte er. Das Mädchen humpelte ja! Es trug einen langen, bunten Zigeunerrock, das linke Bein ruhte in einer festen Schiene, die Hüften schoben sich auf hässliche ruckartige Weise vor und zurück.

»Sie haben eine neue Mieterin im Haus, nicht?« fragte die dicke Frau Gruber, als sie für ihn Äpfel und Karotten abwog.

»Ja«, erwiderte er wortkarg.

»Das arme Mädchen«, meinte Frau Gruber und schob noch Petersilie zu den Karotten. Sie hatte eine Schwäche für Bennos runde, gemütliche Fröhlichkeit und sein weiches Herz, von dem er selbst nichts ahnte. Er hielt sich für einen kühlen Realisten.

»Und stellen Sie sich vor, sie hat auch noch ein Baby; der Schuft von Vater hat sie sitzenlassen ...«

Benno schüttelte den Kopf. Mein Gott, Sachen

gab's Eine Stunde später saß er nachdenklich vor den restlos zerkochten Karotten und den aufgeplatzten Würstchen. Warum lebte er eigentlich wie ein alter Einsiedler? Sicher konnte er dem Mädchen behilflich sein. Hier mal einen Nagel einschlagen, dort einen mühseligen Gang abnehmen. Er klingelte bei ihr. »Entschuldigen Sie ... können Sie mir vielleicht ein wenig Salz leihen?«

»Aber ja, natürlich.« Sie lächelte.

Benno trat ein. »Ich habe ganz vergessen, mich vorzustellen. Ich heiße Benno Grünwald.«

»Und ich Anne Weber.«

»Ich wollte eigentlich gar kein Salz.« Er lachte verlegen. »Ich wollte Ihnen nur sagen, wenn Sie mal Hilfe brauchen ... oder einen Babysitter ...«

»Ich werde bestimmt darauf zurückkommen«, erwiderte sie, und er fand, dass sie eine sympathische Stimme hatte, leise und sehr dunkel.

Von nun an pflegten sie gute Nachbarschaft. Er nahm Annes Abfalltüten mit, hütete Paulinchen, schlug Nägel in die Wand, verlegte einen Teppichboden. Dafür buk Anne Bennos Lieblingskuchen.

Als sein Geburtstag kam, feierten sie ein großes Fest. Anne sah entzückend aus. Ihr langer Zigeunerrock hatte neue Rüschen, die weiße Bluse unterstrich ihre Anmut und ihren Charme und ließ jede Menge Schulter, Hals und zarte Haut erahnen. Benno fühlte sich jung und übermütig. Seine Freunde scherzten mit Anne und übersahen geflissentlich die ruckartigen Bewegungen und das hässliche Auf und Ab der schmalen Hüften. Bei »Rock around the Glock« sprang alles auf. Benno klatschte in die Hände. Auch Anne tanzte. Ihre dicken Stiefel machten taktak, stampften genau im Rhythmus. Sie drehte den Oberkörper, bewegte die Schulter, während ihre Hüften hilflos vor- und zurückkreisten. Das monotone Stampfen übertönte die Musik.

Man blickte zu ihr hinüber. Sie hob den Kopf und begriff sofort. Die Freude in ihrem Gesicht erstarb; ihre Augen suchten Benno.

Doch auch Benno konnte den Ausdruck seines Gesichtes nicht mehr verändern.

»Entschuldigen Sie«, sagte Anne starr und ging aus dem Zimmer.

Am nächsten Tag klingelte Benno bei ihr. »Anne«, sagte er hilflos, »verzeih ...«

»Wieso?« fragte sie spröde, und ihre Stimme hatte tausend Splitter. »Ihr habt doch nichts getan, mich mit keinem Wort beleidigt. Ist alles in Ordnung, Benno.«

»Nein«, sagte er unglücklich, »nichts ist in Ordnung. Ich bin so voller Vorwürfe und ...«

»Mitleid?« Annes Stimme war ganz flach.

»Ja, vielleicht auch ...«

»Eure Art von Mitleid ist nur Ungeduld des Herzens. Lies einmal Stefan Zweig«, sagte sie kalt.

»Rede nicht so mit mir.«

»Ich muss aber. Siehst du, ich hab für eine kurze

Weile geträumt, so zu sein wie ihr. Und geglaubt, dass du ...« Sie zögerte. »Aber ich bin eben nicht wie ihr. Als ich ein kleines Mädchen war, haben mich die Leute immer angelächelt, sie fanden mich so hübsch. Doch wenn ihr Blick auf meine Beine fiel, blieben ihre Augen stehen, hässlich war das. Später ging ich eine Zeitlang in jede Ballettaufführung. Ich saß im Parkett und zermarterte mein Herz. ›Warum ich?‹ fragte ich, ›Warum gerade ich?‹ Meine Behinderung war ein Gefängnis, das ich hasste. Jede Behinderung wird zum Gefängnis, wenn das Verständnis fehlt. Wenn ich so viel Musik in mir habe und meine Füße trotzdem nicht tanzen können, wenn einer sprechen will und nur lallt und doch so viele Gedanken hat ...« Sie schwieg erschöpft. Dann wandte sie sich um und schloss leise die Tür.

Zwei Wochen später rief Benno sie an. »Hast du morgen Zeit für mich?« Sie zögerte.

»Mach dich hübsch«, sagte er nur und legte auf.

Als sie am nächsten Tag die Tür öffnete, schlug sein Herz bis zum Hals.

»Ein Glas Wein?« fragte Anne förmlich.

»Gerne.« Benno steckte verlegen seinen dicken Finger in Paulinchens Wiege. »Ich habe Karten für das Staatstheater, der Babysitter kommt auch gleich ...«

Anne schwieg.

»Schwanensee.« Sie zuckte zusammen.

Plötzlich brach es aus ihm hervor. »Siehst du, ich habe mir gedacht, das ist ein neuer Anfang für uns. Ich will, dass du im Parkett sitzt, neben mir ... Und meine Hand hältst. Und dieses blöde Ballett einmal ansiehst, ohne dir das Herz zu zermartern. Ja ...«

Sie antwortete immer noch nicht. »Du musst auch ein bisschen Geduld haben mit uns sogenannten Normalen«, sagte er leise. »Ich weiß, wir nennen uns normal und reagieren doch völlig unnatürlich. Wir sind auch Krüppel ... Hier drinnen.« Er deutete auf sein Herz.

»Gut«, sagte sie nach einer langen Weile. »Stützen wir uns gegenseitig.«

Ihre Augen hatten kleine lustige Kiesel, auf dem Grund und erinnerten Benno plötzlich an tiefe, klare Bergseen, die lächelnd im Sommerlicht träumten. Und dabei war er doch ein Realist. Oder nicht?

Herzklopfen

Es war drückend schwül. Martha Behrendt deckte ihre Schreibmaschine zu und betrachtete sich flüchtig im Spiegel. Seit einigen Monaten schon empfand sie sich als eine Art grauer Vision. Die Zeit, da sie ihr Gesicht sorgfältig geprüft und stirnrunzelnd kleine Fältchen mit dem Zeigefinger nachgezeichnet hatte, war vorbei, und es gab kein Herzklopfen mehr am Morgen bei dem Gedanken an den kommenden Tag.

Sie verließ ihr Büro und ging auf geharkten Wegen einer breiten Straße zu. Die Luft war schwer vom herben Duft goldgelber Astern und leicht im Wind nickender Rosen, deren Blätter sich am Rand bereits verfärbten.

Julia wartete schon auf sie. »Wo warst du so lange?«

»Ich musste noch einen Bericht fertigschreiben«, antwortete Martha lächelnd. Manchmal stellte sie sich vor, Julia wäre ihr Kind, sie lehrte es das Einmaleins, telefonierte mit besorgtem Gesicht nach einem Arzt und deckte es am Abend mit einer kleinen, geblümten Decke zu. »Willst du mit mir zu Abend essen?«

»O ja.« Julia nahm Marthas Hand und ging mit ihr auf ein großes, vierstöckiges Mietshaus zu. »Vater war heute da«, sagte sie zögernd und senkte den Kopf. Ihre dunklen Locken fielen nach vorne, der kleine, gebräunte Hals sah schmal und verletzlich aus. »Er hat Mutter angeschrien. Er will ein freier Mann sein, hat er gesagt. Er ist arbeitslos und möchte in Australien sein oder sonstwo. Aber wir sind ein Klotz an seinem Bein.«

Martha schwieg. Sie blickte auf das hohe Haus, dessen kleine Balkone wie Schwalbennester in vorgezogenen Mauern kauerten. Wäsche flatterte auf Leinen, Blumenkästen mit mageren Geranien standen auf braunen Ständern, deren Farbe bröckelte.

In ihrer Wohnung roch es nach Vanille und Äpfeln. Julia setzte sich auf einen Hocker, schlenkerte mit den Beinen und biss vergnügt in einen Apfel.

»Der Hausmeister hat gesagt, die Türken in unserem Haus sind Gesindel«, sagte sie.

»Der Hausmeister ist ein dummer Mann«, antwortete Martha ärgerlich.

»Was ist Gesindel?«

Martha überlegte. »Gesindel ist leichtfertig und verantwortungslos. Es tut bedenkenlos Unrecht und lebt gerne auf Kosten anderer.«

»Der Mann der Türkin unter uns arbeitet«, sagte Julia. Sie runzelte die Stirn. Ihre dunklen Augen folgten nachdenklich einem kleinen Vogel, der Krumen vom Fensterbrett pickte.

»Heute hat der Sohn des Hausmeisters im Hof mit seiner Freundin Federball gespielt. Und die Türkin saß auf einem kleinen Stühlchen und hat gestrickt. Da hat der Willi seiner Freundin ein Kopftuch umgebunden und ganz laut gesagt: ›Du jetzt gut türkisch Frau. Du jetzt gehen heim und arbeiten, damit dein Mann kann saufen und mit Messer stechen.‹ Da hat die türkische Frau ihren Hocker genommen und ist zurück ins Haus gegangen.« Julia malte mit dem Daumen kleine Kringel auf den Tisch.

Martha seufzte. »Es ist schlimm, was der Willi gemacht hat«, sagte sie dann.

»Warum tust du nichts, wenn es schlimm ist?«

»Er würde nicht auf mich hören, weißt du.«

»Aber die Türkin könnte es vielleicht hören und würde sich freuen. Und du wohnst schon so lange in dem Haus. Kannst du da nicht irgendetwas sagen?«

»Doch«, erwiderte Martha nachdenklich. »Doch, das könnte ich schon.«

»Ist mein Vater auch Gesindel?« fragte Julia leise.

»Aber nein, Schätzchen«, sagte Martha schnell und liebevoll. »Dein Vater ist nur traurig, weil er arbeitslos ist, und er hat Angst vor der Zukunft. Da wird man ungerecht und böse. Angst macht oft böse, weißt du.«

»Wovor hat der Willi Angst, dass er so böse ist?«

»Er hat Angst vor dem Anderssein. Er kennt die Sprache der Türken nicht, deren Musik klingt so eigenartig, die Familien halten so zusammen. Das macht sie stark. Da sagt der Willi, was sein Vater sagt. Und der Vater sagt, was manche Leute sagen.«

»Was sagen manche Leute?«

»Sie sagen, die Ausländer nehmen den Deutschen die Arbeit weg.»

»Hat mein Vater keine Arbeit, weil der Mann der Türkin für ihn arbeitet?«

»Überleg mal, Julia. Was hat dein Vater für einen Beruf?«

»Er ist Schreiner gewesen in einer Fabrik.«

»Und was macht der Mann der Türkin?«

»Er arbeitet bei der Müllabfuhr«, antwortete Julia und lächelte. »Du bist so gescheit, Tante Martha«, sagte sie dann. »Du kannst bestimmt den Türken helfen, nicht?« Sie spuckte Apfelkerne in ihre hohle Hand, und ihr Gesicht war wieder ruhig und zufrieden.

In den Mundwinkeln des Verwalters saß ein schmales, eiliges Lächeln, eines, das zeigen sollte, wie sehr Martha seine große, breite, wichtige Zeit stahl. Sie versuchte, ihrer Stimme einen festen Klang zu geben. »Ich möchte, dass Sie mit dem Hausmeister reden«, sagte sie. »Und ich will, dass das Hakenkreuz an der Kellertür überstrichen wird. Außerdem ist vieles zu reparieren und auszubessern. Ich kenne einen Mann. Er kommt in den nächsten Tagen vorbei. Er ist arbeitslos und ein guter Handwerker.«

Der Verwalter schwieg noch immer. Seine goldene Armbanduhr tickte leise.

»Ich will es also so«, sagte Martha laut und fordernd. »Die Hälfte des Hauses gehört mir. Mein Bruder lebt in Amerika, er kümmert sich nicht. Und ich will es so.«

»Nun gut«, erwiderte der Verwalter seufzend. Das

Haus war alt und brachte nicht viel ein.

Martha erhob sich. »Ja, und dann möchte ich Sie noch einladen. Ich mache ein Hoffest mit Musik und Tanz.«

»Ein Hoffest?«

»Ja«, sagte Martha übermütig. »Ein Hoffest mit deutscher, griechischer und türkischer Musik. Und deutschem, griechischen und türkischem Essen. Und Liedern.« Ihre Augen blitzten. Sie wandte sich um und ging zur Tür; sie fühlte sich so wohl wie seit langem nicht. Im Vorübergehen sah sie im Spiegel eine zierliche, kleine Frau mit hocherhobenem Kopf und eigenwilligen Falten auf der Stirn. Sie blieb stehen und lächelte sich zu. Sie war kein grauer Fleck mehr, und das Herz klopfte ihr bis zum Hals.

Mariechen macht eine Eroberung

Marie saß am Boden des großen Wohnzimmers und entstaubte Schrankschubladen. Schuldbewusst wich sie den bösen Augen eines röhrenden Porzellanhirsches aus, den sie von Tante Berta hatte und der die Schublade sichtlich übel nahm. Immer bleibt der Hausputz an mir alleine hängen, dachte sie resigniert.

»Papi probiert mit mir tauchen. Muss sein«, hatte Andi bedauernd gesagt. »Wo wir doch Noten kriegen auf das Tauchen. Nächste Woche schon.«

Tja, wenn es Noten gab ... Und dass so ein Schwimmbad viel verlockender war, als röhrende Hirsche zu polieren oder Türen und Fenster zu putzen, war natürlich rein zufällig. Sie seufzte.

Nanu! Was tat dieses alte Foto zwischen den Kochrezepten? Jahrelang hatte sie es gesucht. Und da lag es nun, bei Gänsebraten und Creme Karamel! Ein sehr junges Mariechen, gekleidet in weißen, duftigen Tüll, lächelte sie an, blondgekrauste Haare ringelten sich um kleine Ohren, in den grünen Augen tanzten rote Funken. Vaters Blitzlicht. Es hatte nie richtig funktioniert.

Marie träumte bereitwillig aus ungeputzten Fenstern. In diesem zarten, duftigen Kleid hatte sie sich vor vielen Jahren aufgemacht, den schüchternen Balthasar Neumann zu erobern. Wie verliebt sie gewesen war in jenen Frühlingstagen! Und wie lange das her war. Und doch so greifbar nah. Ach ja ...

Der weiße Fliederbusch vor der alten Bücherei stand in voller Blüte, Gartenveilchen dufteten, kleine Spatzen zankten sich um Brotkrumen, ein junger Mann sprach mit ihr über moderne Gedichte. Und Mutter durchschaute die Situation.

»Dieser Balthasar Neumann, der Bibliothekar … du weißt, wen ich meine?«

»Ja, Mama.«

»Er gefällt dir wohl?«

»Er ist nett. Aber furchtbar schüchtern.« Mariechen wurde rot.

»Musst ihn halt aus der Reserve locken …«

»Hast du Vater auch aus der Reserve gelockt?«

»Klar hab ich das. Ich kaufte mir alle Bücher über prähistorische Zeiten, die ich finden konnte, und träumte nachts nur noch von seinen scheußlichen Reptilien.«

»Und wann hat Vati angebissen?«

»Als ich etwas über einen Kachelofen-Saurier wusste. Das riss ihn hin zu einer feurigen Liebeserklärung, die übrigens recht neuzeitlich war.« Inge Richter lachte.

»Tja. Du hattest es eben gut mit seinem ausgefallenen Hobby. Aber ich … ich weiß rein gar nichts von diesem Balthasar Neumann.«

»Du weißt, dass er schüchtern ist. Das genügt. Ich bin sicher: In seinen Träumen beschützt er hilflose Frauen, sein starker Arm trägt schwache Mädchen, er wartet nur auf eine Gelegenheit. Bitte ihn also um einen Gefallen. Und geh in die Bibliothek, wenn sie leer ist. Mittags zum Beispiel.«

Oh, diese Mama, dachte Marie zärtlich. Doch sie hatte recht gehabt. Balthasar ging so leicht ins Netz wie ein allzu sorgloser Karpfen während der Fastenzeit.

»Würden Sie mir die ›Blühende Erde‹ empfehlen, Herr Neumann?«

»Nun. Es ist eine Liebesgeschichte. Wenn Sie gerne Liebesgeschichten ... Na ja. Es ist nicht schlecht geschrieben.«

»Mögen Sie denn Liebesgeschichten?«

»Wie gesagt ... wenn sie in ihrer Art gut sind ...«

»Sie meinen, wenn sie ein Happy-End haben? Ach ...« Mariechen seufzte herzergreifend und wandte sich hastig um. Der Raum war leer. »Herr Neumann ... ich ... ich habe mir so lange überlegt, ob ich Sie um einen ganz, ganz großen Gefallen bitten dürfte. Nicht böse sein. Aber ich brauche wirklich Ihre Hilfe.«

»Aber natürlich helfe ich, wenn ich kann. Sie sind ja ganz außer sich ...« Seine klugen Augen hinter der goldgefassten Brille blickten besorgt.

»Ich will es erklären. Sehen Sie, ein ... ein sehr guter Freund, mit dem ich fast ein wenig verlobt war ... er hat sich getrennt von mir. Wir kannten uns eine Ewigkeit, vier Monate schon. Und nun – keine Erklärung, kein Brief, kein Wort. Einfach weg. Oh, ich bin so wütend, verstehen Sie? Meine Eitelkeit ist gekränkt, sehr sogar, ich gebe es zu.« Marie schnupfte empört. »Und deshalb möchte ich Sie bitten, kommenden Freitag mit mir in die Oper zu gehen. Er ist auch dort, ich weiß es. Er hat ein Abonnement. Grüne Serie, Sie wissen ...«

»Ja, natürlich gehe ich mit Ihnen in die Oper. Aber was soll es nützen?«

»Ich will eine Abschiedsszene haben!«

»O nein!«

»O ja. Aber keine Angst«, sagte Mariechen. »Es soll eine stumme Szene sein. Sehr stumm und sehr stolz und sehr erhaben. Er soll lediglich sehen, dass ich mir nicht so viel aus seinem Abschied mache! Nicht so viel!« Sie schnipste mit den Fingern.

Natürlich half er, dachte Marie gerührt. Und wie sie selbst dem Tag entgegengefiebert hatte. Und wie hübsch sie war in dem weißen Kleid ...

»Sie sehen entzückend aus, Fräulein Richter. Darf ich Sie zu einem Glas Sekt ... im Foyer, ja?«

»Ich bin Ihnen ja so dankbar, Balthasar.« Mariechen nahm seine Hand.

»Ist er schon da?«

»Wer?«

»Nun, Ihr Freund ...«

»Ach so ...« Sie sah sich um und entschied sich für einen breitschultrigen Mann mit schwarzen, lachenden Augen, langem, lockigem Haar und einem rassigen kleinen Bärtchen. Er glich in der Tat einem ruchlosen Abruzzenfürsten und wirkte so feurig und leidenschaftlich, dass der arme Balthasar förmlich in sich zusammenfiel.

»Der?« fragte er gedehnt.

»Ist alles nur Tünche«, tröstete Mariechen. »Innen drin ist er hohl und leer. Bin ich froh, dass ich ihn los bin.« Und sie lächelte Balthasar Neumann an und betete inbrünstig, er möge doch ein wenig mehr Temperament an den Tag legen. Oder an die Nacht ...

Die Tür klappte. Marie zuckte zusammen.

»Der Papa hat lauter Hechte gemacht. Vom Dreimetersprungbrett.«

»Ja?«

»Toll, nicht? Das Fräulein Gabi von unten war ganz hin. Die war nämlich auch da und hat Papa gefragt, ob er ihr einen Hecht lernt. Sie wollte immer schon ...«

»Aha«, antwortete Marie spitz. Sie kannte das Fräulein Gabi. Die hatte das gewisse Etwas und unübersehbar schwellende Formen. Und dies alles also heute nachmittag deponiert in einem knappen Bikini, der sicher immer knapper wurde auf einem wippenden Sprungbrett.

»Hast also wieder blutjunge Frauen becirct und mich hier sitzen lassen mit Tante Bertas bösem Hirschen und zehn Jahre alten Erinnerungen?« Sie sah zu ihrem Mann auf.

»Das Kleid auf dem Bild kommt mir aber bekannt vor«, sagte er und beugte sich über sie. »Na klar. Das hattest du an in dieser kleinen Theaterbar. Als wir uns kennenlernten. Zuvor hattest du mich schon in der Oper so frech taxiert, weißt du noch? Du an der Seite dieses schmächtigen Brillenmenschen und ich, flirtend mit der Barfrau. Dein Freund warf mir die ganze Zeit furchterregende Blicke zu und schüttelte ständig den Kopf. Meine sich zart anbahnenden Beziehungen zu dem Barmädchen schienen ihn moralisch sehr zu entrüsten.«

Marie lachte. »Das war Balthasar Neumann. Ein heißer Verehrer.«

»Und als du auf die Toilette gingst, hielt er mir einen geharnischten Vortrag über Treue und Anständigkeit und Taktgefühl. Schien überhaupt sein Lieblingsthema gewesen zu sein. Komischer Kauz, das.«

»Und dann?« Andi war sichtlich interessiert. Elternvergangenheit war fast so lange her wie Opas prähistorische Zeiten.

»Dann? Dann hat deine Mutter angefangen, mir verheißungsvoll schöne Augen zu machen. Sie nannte mich einen Abruzzenfürsten und Roberto; Ulrich gefiele ihr nicht. Sie trank jede Menge Sekt, und ihr Brillenmensch schwitzte vor Aufregung. Was ich verstehen konnte, bei den Preisen dort ... Und dann tanzte Mama eine feurige Rumba, ganz ohne Schuhe, und alle Leute klatschten.«

»Da haste dich verliebt?«

»Ja. Hab ich.«

»Weil die Mama so feurig war.«

»Nein. Weil sie ein Loch im Strumpf hatte und so eine niedliche große Zehe ...«

»Und der Kopfschüttler?«

»Der schüttelte weiter. Der fand das alles nicht so niedlich. Und irgendwann gab er mir die Hand und sagte, es sei gut, dass alles so glücklich endete und dass wir wieder zueinandergefunden hätten. Der musste sich ganz schön einen angetuckert haben in der Zwischenzeit.«

»Ja. Und dann liefen wir in den Stadtpark«, sagte Marie eilig, »du hattest eine Flasche Sekt in der Rocktasche und stiegst zu dem nackten Neptun auf die Säule. Er bekam meinen Schal um die nacktesten Stellen, die Vögel zwitscherten bereits, und ich schenkte dir kratzige Hagebuttenröschen.«

»Und sangst dazu eine herzzerreißende Arie ...«

»Mann«, sagte Andi, »ihr hattet ja genau so einen in der Krone wie der Kopfschüttler. Und wann habt ihr geheiratet?«

»Drei Monate später schon. Mama hatte es sich nun einmal vorgenommen, mich zu erobern. Sie ging hin in ihrem weißen Kleid und einem großen Loch im Strumpf und fing sich Ulrich, den armen Junggesellen.« Er lachte.

»Und was wurde aus dem anderen?«

»Der hat meines Wissens nicht geheiratet«, meinte Marie nachdenklich.

»Stell dir vor, Mam. Wenn du an dem Abend beschlossen hättest, ihn zu erobern, statt den Papa.«

»Ja, stell dir vor«, sagte Marie. »Wenn ich mir nun vorgenommen hätte, den Balthasar Neumann zu erobern ...«

Blumen für Johannes

Karin hatte einen ihrer schlechten Tage. Sie saß, nur mit einem knappen Bikini bekleidet, auf der Terrasse, rupfte zornig kleine, unschuldige Gänseblümchen aus einem alten Blumentopf und ärgerte sich über Nachbar Johannes, der mit einem zierlichen Gießkännchen herumschusselte wie ein altes Weib und sein Gärtchen begoss.

»Es regnet sowieso heute abend«, rief sie zu ihm hinüber. Er blickte auf. Sein Gesicht hatte jenen gewohnten überraschten Ausdruck, der Karin schon damals, als sie Johannes Gerber das erste Mal sah, aufgefallen war. Als ob er sich wunderte, dass jemand ihn ansprach ... Er wirkte wie ein etwas zu jung geratener, ständig zerstreuter Professor, hatte dichtes, dunkles Haar, dunkle Augen und dunkle, buschige Augenbrauen. Er ging, wie viele zu große und schlanke Menschen, leicht gebeugt, er trug eine randlose Brille, hatte eine angenehm warme Stimme und arbeitete in einem jener Ministerien, die sich recht erfolglos, wie Karin fand, mit der Umwelt befassten. Nie bekam er Besuch, nie wurde bei ihm lautstark gefeiert oder gestritten, und nie lag er bleich und verkatert im Garten wie sie.

Karin bohrte ihren Zeigefinger in den alten Blumentopf und seufzte. Sie bewohnte zwar dieselbe, ebenerdige Terrassenwohnung wie Johannes, aber sie dachte nicht im Traum daran, irgendwelche Blümchen zu begießen. In ihrem Garten wucherten außer der alten Trauerweide nur Gras und wilder Farn und ersparten ihr so jegliche gärtnerischen Einfälle.

An Tagen wie heute, wo ihr Kopf ein summendes Bienenhaus und die Erinnerung an den vergangenen Abend wie schlecht verdauter Fisch waren, hasste sie diesen frischen, blumengießenden Nachbarn Johannes; sie hasste sein sorgfältig frisiertes Haar, seinen gütigen Gesichtsausdruck, der sie stets ein wenig an ihr Religionsbuch aus Kindertagen erinnerte, und sie hasste die leicht gebückte Haltung, in der er seine geliebten Pflanzen beschnitt oder die Rosen stutzte.

»Junger verträumter Wissenschaftler, sein Gärtchen begießend«, murmelte sie böse.

»Sagten Sie etwas?« Johannes lächelte freundlich.

»Ich sagte: Es wird sowieso regnen heute Abend.« Karin erhob sich, weil sie im Stehen sicher nicht schlechter gelaunt war als im Liegen und weil sie sich freute, dass Johannes immer um zehn Ecken gucken musste, wenn sie, so betörend weiblich überall, vor ihm stand.

»Ist Ihnen nicht kühl?« fragte er spöttisch.

Sie lachte. »Aber nein. Ihnen?« Sie blickte ihn herausfordernd an und wippte kess auf ihren nackten Zehen. Sie wusste genau, wie sie in diesem Moment aussah. Sie war groß und schlank, sie hatte eine reizende Figur, ihr honigfarbenes, schweres Haar reichte fast bis zu den Hüften, und in ihren Augen, die wie Bernstein schimmerten, tanzten kleine, goldene

Sprenkel. Sie war das, was die Männer einen »tollen Typ« nannten, und sie gedachte es noch ein Weilchen zu bleiben, obwohl ihr dreißigster Geburtstag in nicht mehr allzu ferner Zukunft lag und ihre Haut begann, sich der Jahre zu erinnern.

»Na, tschüss dann. Ich muss mich beeilen. Meine Jungs mit Bier versorgen ...«

»Macht es eigentlich Spaß, in einer Pilskneipe zu arbeiten?« Johannes wurde rot. Er hatte eine für seine Verhältnisse sehr indiskrete Frage gestellt.

»Mehr Spaß schon als der Job vorher. Da tippte ich den ganzen Tag endlose Berichte über endlose Testreihen endlos langweiliger Menschen, die ich nicht kannte und deren Aufgabengebiete mir immer schleierhaft blieben. Und ich hatte einen Chef, den ich andauernd mit Kaffee oder Tee versorgen und wie ein kleines Kind bedienen musste.«

»Und wenn Sie sich bei einer anderen Firma beworben hätten?»

Karin zuckte die Schultern. »Büroarbeit ist so ... langweilig, irgendwie. Als sause draußen vor den Fenstern das Leben vorbei, während man selber drinnen sitzt und wartet.«

»Aha.« Johannes drehte etwas ratlos die kleine Gießkanne um. Ein paar Tropfen Wasser platschten auf seine sauber geputzten Schuhe. »Und jetzt?« fragte er.

»Jetzt? Jetzt hab ich es auch mit Männern zu tun, die ich ständig bedienen und verwöhnen muss. Zwar nicht gerade mit Tee oder Kaffee ...« Sie lächelte.

»Aber immer in solch rauchigen Räumen ... und der Lärm ... und das alberne Geschwätz ...« Johannes schüttelte sich.

»Na, ein bisschen Lärm könnte Ihnen auch nicht schaden, Professor«, meinte Karin schnippisch. »Sonst vergessen Sie glatt, dass Sie noch am Leben sind.« Sie winkte ihm kurz zu und schlenderte ins Haus. »Was für ein langweiliger Patron«, murmelte sie und schloss die Tür ein wenig lauter als nötig.

Die Kneipe brodelte bereits wie ein alter Waschzuber, der auf einem allzu rauchigen Herd stand. Ulla, die Tagesbedienung, stöhnte.

»Ich sage dir: der reinste Horror. Die Typen sind heute so durstig, dass man meinen könnte, das Ende der Welt stehe bevor.«

»Na ja. Vielleicht steht's ja bevor«, antwortete Karin lakonisch. »Sonst was gewesen?»

»Nein. Nur dein Jürgen war schon zweimal hier. Der braucht wohl wieder Geld.« Ulla band ihre Schürze ab und goss sich einen Cognac ein.

Die Bemerkung über Jürgen war nicht gerade dazu angetan, Karins Laune zu bessern. Da Jürgen nicht viel von einem Achtstundentag hielt und eigentlich mehr auf eine jener traumhaften Positionen wartete, in denen man Arbeit lediglich delegierte und trotzdem fürstlich entlohnt wurde, lebte er ausschließlich von Karins Geld. Und vom Staat. Und von Renngewinnen, so er Geld hatte zu spielen und so er Glück hatte zu gewinnen. Seine neue, erst vor zwei Wochen angetretene Stellung hatte er bereits wieder gekündigt, weil sein Vorgesetzter angeblich ein Leuteschinder und die Tätigkeit sowieso unter jedermanns Niveau war.

»Hallo, Kleines.« Plötzlich stand er vor ihr, mit offenem Hemd, Goldamulett, braungebranntem Gesicht und engtailliertem, maßgeschneidertem Hemd. Um die Schultern hing, lässig und wie selbstverständlich, eine teure Lederjacke, und in Blick und Geste lag der müde Charme des kleinen Lebemannes.

»Hi.«

»Ich habe gestern Abend noch einen früheren Kunden getroffen. Darum konnte ich nicht mehr zu dir kommen ...«

»Ich wusste gar nicht, dass du je Kunden hattest ...« Karin entkorkte eine Flasche Wein und tippte Bons in die Kasse.

»Natürlich hatte ich.«

»Hieß der Kunde vielleicht Manuela?«

»Eifersüchtig?«

»Ich?« Sie lachte, obwohl ihr Herz böse klopfte und sie durchaus sehr eifersüchtig war. Dieses süße, neu aufgetauchte Mädchen namens Manuela war sicherlich noch keine zwanzig Jahre alt und ahnte nicht im Traum, dass es so etwas wie Falten gab und dass Haut sich rächte, wenn man ihrer nicht gedachte.

»Hast du trockenen Sherry für mich?«

… Trockener Sherry! Karin schnitt eine zornige Grimasse. »Für dich immer nur vom Feinsten, nicht wahr?«

»Klar doch. Ach ja … was ich noch fragen wollte … Kannst du mir vielleicht ein paar Mark leihen? Du kriegst sie morgen oder übermorgen wieder …«

»Nein. Ich kann dir nichts leihen. Ich habe es satt, dir etwas zu leihen, nur damit du es mit deinen … Lolitas verjubelst.«

»Du langweilst mich«, sagte Jürgen.

»Du mich auch. Und jetzt geh bitte zur Seite. Ich habe jede Menge zu tun.« Sie nahm ein Tablett, belud es mit Gläsern und Tellern und trug es an einen großen Tisch. »Na, Jungs? Schon verdurstet?« fragte sie betont munter und sah aus den Augenwinkeln, wie Jürgen den teuren Sherry ziemlich achtlos hinunterkippte und das Lokal verließ.

Als Karin nach Hause kam, brannten ihre Füße wie Feuer. Und ihr Hals fühlte sich an wie Großmutters altes Reibeisen. Sie öffnete die Terrassentür und atmete tief durch. Mein Gott, diese Luft. Und diese Ruhe. Und dieser herrliche Mond, der gelb und prall am Himmel hing und so gleichmütig wirkte wie Karins rundgesichtiger Wirt, wenn Gäste sich stritten … Sie schleppte eine Schüssel in den Garten, setzte sich auf einen Schemel und badete ihre schmerzenden Füße in kaltem Wasser. Kater Moritz sprang auf ihren Schoß und begann zu schnurren. Die Nacht war träge und dunkel trotz des Mondlichts, und Karin fühlte sich einsam.

»Je später der Abend, desto schöner die Gäste ...«

Sie erschrak so sehr, dass sie zusammenzuckte und der Kater von ihrem Schoß sprang.

»Mein Gott. Hast du mich erschreckt. Auch wenn du den Wohnungsschlüssel hast, könntest du kurz klingeln ...«

»Du erschrickst, wenn der nette, nette Jürgen kommt ...« Seine Stimme schwankte.

»Aha. Der nette, nette Jürgen hat einen netten, kleinen Schwips, wie mir scheint.«

»Komm ins Haus.«

»Pst. Sei nicht so laut!«

»Du sollst ins Haus kommen!«

»Du langweilst mich ja schon wieder«, sagte Karin, fern jeder Langeweile. Wenn Jürgen sich in aggressiver Stimmung befand, hatte sie Angst.

»Wenn du nicht sofort kommst, wecke ich alle Nachbarn auf.« Nun wippte er so herausfordernd auf den Zehen wie sie heute Morgen, als sie mit Johannes sprach. »Also?«

»Nichts also.«

»Außerdem sind die Nachbarn schon wach«, sagte da eine angenehm warme Stimme. »Und jetzt verschwinden Sie und lassen Fräulein Krüger in Ruhe. Oder ich rufe die Polizei.«

»Sie rufen die Polizei? Dass ich nicht lache«, antwortete Jürgen und lachte wirklich. Johannes, ein großer, jäh aufgetauchter dunkler Schatten, legte seine kräftige Hand in Jürgens Nacken und schob ihn durch das kleine Gartentor. »Adieu«, sagte er ruhig. »Und bleiben Sie für heute nacht, wo der Pfeffer wächst.«

Jürgen starrte ihn mit offenem Mund an. Dann fiel ihm ein, dass er eigentlich nicht das mindeste übrig hatte für dunkle Schatten, die so kräftig zupacken konnten. Und da Rückzug keine Feigheit, sondern die Intelligenz vorsichtiger Menschen war, verschwand er tatsächlich.

Am nächsten Tag hatte Karin frei. Normalerweise schlief sie an solchen Tagen lange, bummelte durch die Stadt, ging ins Kino oder kaufte sich ein Eis. Heute aber hatte sie andere Pläne. Sie schlüpfte noch sehr früh am Morgen durch die Zweige der alten Trauerweide in Johannes' Garten. Es roch nach frischer Erde, ein paar Vögel flatterten auf, der Tau glitzerte auf dem Rasen.

»Professor?«

Johannes sah von seiner Zeitung auf. Er hielt eine bauchige Tasse in der Hand.

»Tut mir leid, der Lärm heute Nacht.«

»Oh. Ich wurde nicht wach deswegen. Ich saß schon die ganze Zeit im Garten. Auch schon, als Sie Ihre Füße badeten.« Er grinste. »Früher badeten nackte Jungfrauen im Licht des Mondes, um ewige Schönheit zu erlangen. Wie sich die Zeiten ändern

…« sagte er.

»Tja. Diese Jungfrauen hatten auch keine Blasen an den Füßen.« Sie lachte und sah sich um. »Wunderschöne Blumen haben Sie. Und so viele Rosen … Sieht man gar nicht von drüben …«

»Mein Vater wollte unbedingt, dass ich Chemiker werde wie er. Ich hätte lieber als Gärtner gearbeitet. Ich habe schon als kleiner Junge umgegraben, gesät und gepflanzt.«

»Na, dann werden Sie doch Gärtner …«

»Ich wäre ein etwas betagter Lehrling, finden Sie nicht?« Er lächelte und sah eigentlich gar nicht betagt aus. Eher sehr nett und unwahrscheinlich sympathisch …

Sie biss sich auf die Lippen. »Wirklich schön, das alles …« murmelte sie verlegen. »Wie heißt denn das Kraut dort drüben?«

»Das ist Ginster. Und dort, genau hinter Ihnen, habe ich Mimosen angepflanzt. Tja … und auf die Rosen bin ich natürlich besonders stolz.« Er stand auf, er bewegte sich, wenn er von seinen Blumen sprach, ganz frei und ungezwungen. Karin dachte an Jürgen, an seine maßgeschneiderten Hemden und seine goldenen Siegelringe, an seine Tage, die leer und bar jeder Verantwortung waren, und ahnte, wie schön es sein musste, einen Mann zu kennen, dem Blumen wichtig waren und der Schnecken auf große Blätter setzte, damit niemand sie zertrat.

»Ich wollte Sie heute Abend einladen. Zum Essen«,

sagte sie. »Ich werde eine wahre Kochorgie veranstalten und eine gute Flasche Wein aufmachen. Als Dankeschön für heute nacht. Was halten Sie davon?«

»Ich komme gerne«, sagte er, und sie sah, dass er sich freute.

Sie schuftete wie eine Hausfrau, deren dringendes Bedürfnis es war, Frühjahrsputz zu halten. Sie wusch und polierte, sie trug Tisch und Stühle auf die kleine Terrasse, sah alle fünf Minuten zum Himmel, ob Wolken sich zeigten, lieh sich bei einer Nachbarin ein Windlicht und weiße Stoffservietten, raste in den Supermarkt, kaufte Schnitzel und Salat, Käse, Trauben und französischen Wein. Dann bereitete sie das Essen vor und stellte eine dicke rosafarbene Gerbera in eine alte Weinflasche. »Und nun machen wir uns piekfein«, sagte sie zu Kater Moritz, der ihr misstrauisch um die Beine strich und ganz offensichtlich um seine wohlgehütete, philosophische Katzenbeschaulichkeit fürchtete. Karin lachte. Sie fühlte sich übermütig wie ein Kind, das zur Kirmes durfte, sie band Moritz eine weiße Schleife um den Hals und entschied für sich selbst, das hellblaue Spitzenkleid anzuziehen und ihre Haare zu einem langen Zopf zu flechten. In ihrem Bauch prickelte es vor Aufregung, und ihr Herz hüpfte so vergnügt und leicht, als sei sie wieder siebzehn und erwarte ihr erstes Rendezvous.

Johannes schnitt Blumen für sie. Sie hörte das monotone Schnippschnapp der Gartenschere, sie stand mit hochrotem Gesicht in der Küche und rührte Soßen an.

Ach, was für ein herrlicher Abend! Die Luft war seidenweich, es roch nach frischgemähtem Gras und nach Johannes' Sommerstrauß, der in einem ihrer alten Tonkrüge stand und farbenfroh leuchtete. Die Kerze im kleinen Windlicht flackerte, ein Vogel schreckte auf, und Kater Moritz lauerte unter dem Farn und hatte die weiße Schleife längst abgestreift. Sie redeten über Johannes' Beruf, über Reisen und über Zukunftspläne.

»Ich habe keine«, sagte Karin. »Ein paar Träume schon. Aber wie ich das Leben kenne ...«

»Welche Träume denn?«

Sie lachte ein wenig. »Dumme Träume. Träume mit Geranienkästen vor der Tür. Tante Karins Hinterhofträume.«

»Glück, Reichtum und ein Märchenprinz?«

Sie schüttelte den Kopf. »Nein, nein. Ganz anders.«

»Nun?«

»Mit einem netten Mann zusammenleben, beispielsweise«, begann sie zögernd. »Gemeinsam Pläne schmieden. Ein Kind kriegen. Nach Frankreich in den Urlaub fahren. Mit anderen Müttern auf einer Parkbank sitzen. Am Samstagabend die Sportschau sehen und partout nicht ausgehen wollen. Bei Mondschein auf der Terrasse tanzen und Wein trinken ...« Sie sah verlegen auf ihre Hände, ihr war sehr sonderbar zumute. Wenn dieser Johannes jetzt aufstehen und sie küssen oder sonst etwas Verrücktes tun würde ... »Und Ihre Träume?« fragte sie schnell.

»Ich bin Wissenschaftler. Die träumen selten.« Seine Stimme lächelte.

»Und Ihr Garten? Jede Blume ein kleiner, verblühter Wunsch?« Sie spielte mit ihrem Kaffeelöffel.

Er schwieg. »Ich habe eine Bitte«, sagte er dann. »Ich fahre morgen für ein paar Tage ins Ausland. Wären Sie so nett, den Garten zu gießen? Es soll so heiß bleiben, und ich befürchte fast ...«

»Aber klar«, sagte sie. »Ich passe schon auf.«

Zwei Tage später stand Jürgen mit einem Koffer vor der Tür. »Meine Zimmerwirtin hat mir gekündigt«, sagte er lässig. »Diese dumme Gans. Sie hätte ihr Geld schon noch bekommen.«

»Und jetzt?«

»Nun, ich dachte, deine Wohnung ist eigentlich groß genug.«

»Nein.«

»Was heißt: nein?«

»Nein, sie ist nicht groß genug.«

»Wenn du immer noch meinst, dass ich mit dieser Manuela ...«

»Ja, das meine ich. Du wurdest gestern Abend nämlich wieder gesehen. Und man hat mich freundlicherweise sofort informiert. Ich würde dir also empfehlen, zu ihr zu gehen.«

»Wenn ich jetzt gehe, dann für immer«, sagte Jürgen theatralisch.

»Wirklich? Hast du eine neue Geldquelle aufgetan? Na, dann alles Gute.« Karin warf die Tür ins Schloss, setzte sich im Wohnzimmer auf den Teppich und starrte lange auf die fette, rosafarbene Gerbera und den bunten Strauß, den Johannes ihr geschenkt hatte. Wann hatte Jürgen ihr je Blumen gebracht? Oder überhaupt ein Geschenk? Was hatte sie bloß an ihm gefunden?

Sie ging zu einem Schlüsseldienst und bestellte ein neues Schloss. Sie packte Jürgens Utensilien, die noch im Bad standen, in eine Plastiktüte. Sie zerriss sein Foto und warf die Schnitzel zu seiner Zahnbürste in die Tüte. Sie spielte ihrer beider Lieblingsplatte, suchte die Fotoschnitzel wieder zusammen und legte sie auf den Tisch. Jürgen hatte keine Nase und sah mitleiderregend aus. Karin weinte ein wenig und kochte sich Kamillentee. Kamille hatte es bei Mutter immer gegeben, wenn eines der Küken krank war.

Ein paar Stunden später servierte sie mit geradezu aufreizender Fröhlichkeit Bier, Limonade und Wein, warf ihr Haar über die Schultern, lächelte kokett und war dabei doch blödsinnig traurig. An den Tischen saßen die gleichen hemdsärmeligen Männer, die auch gestern schon dort saßen und die Welt verbesserten und genau wussten, woran es lag, dass die Menschen nicht so gut waren, wie sie hätten sein sollen, und die Politiker nicht so ehrlich, wie sie versprachen. Rauch und lautes Lachen hingen wie dichte Schwaden in der Luft, und Karin dachte plötzlich an Kater Moritz unter seinem frischen, grünen Farn und an das flackernde Windlicht auf ihrer Terrasse, als Johannes' Gesicht im Dunkeln lag und seine Stimme lächelte. Als die meisten Gäste sich bereits verabschiedet hatten und nur noch die Kneipenclique, der letzte, harte Kern, ein Lied anstimmte, setzte sie sich an deren Tisch und sang mit. »Wir wollen bei mir zu Hause noch ein bisschen feiern«, rief sie, da sie Angst vorm Alleinsein hatte. »Die ganze Nacht will ich feiern und überhaupt nicht mehr zu Bett gehen ...«

Die Clique amüsierte sie köstlich. Sie räumte Karins Kühlschrank leer, entkorkte Flasche um Flasche, spielte Elvis und Edith Piaf, tanzte barfuß auf der Terrasse, wieherte vor Vergnügen, als ein paar Nachbarn sich beschwerten, und entdeckten dann Johannes' Garten.

»Hui«, schrien alle. »Wir wollen für Karin einen Blumenkranz binden.« Und sie schlüpften durch die kühlen Zweige der Trauerweide, sie rupften Johannes' Blumen aus, trampelten in sein Rosenbeet, stolperten kichernd über Tontöpfe und verbeugten sich tief, als zwei Funkstreifenbeamte kamen und sie baten, ruhiger zu sein. Karin saß im Gras, das noch warm von der Hitze des Tages war, sie trank nun keinen Kamillentee mehr, sie trank Sekt und gluckste vergnügt vor sich hin. Ihr Herz war federleicht, es gab keinen Jürgen mehr und keinen Johannes, keine rauchige Kneipe und keine Angst vor der Zukunft.

Nur den netten, netten Mond, der allmählich schlanker und bleicher wurde, und diese netten Männer, die einen Blumenkranz wanden und ihr das Gefühl gaben, des Kranzes absolut würdig zu sein.

Kurz darauf ging sie zu Bett. Sie hörte nicht, wie die Clique sich lautstark verabschiedete, sie hörte auch nicht Kater Moritz böse fauchen, als ein letzter Spaßvogel nochmals an der Wohnungstür klingelte; sie erwachte erst, als ein paar Vögel leise im Schlaf sich regten und eine dicke Taube sich auf den alten Blumentopf setzte.

Als sie zum Fenster trat, sah sie Johannes' Garten. Ihr wurde vor Entsetzen so kalt, dass sie meinte, ihre Füße nicht mehr bewegen zu können. Die kleinen Beete waren zertrampelt, die Blumen ausgerissen und fast schon verwelkt, die Rosen geknickt. Ein Tornado hatte den Garten verwüstet, gesprungene Tontöpfe lagen im Gras, und eine leere Sektflasche hing in den Zweigen des kleinen Mandelbäumchens.

»Mein Gott, wie schrecklich«, flüsterte Karin. Sie starrte auf den verwüsteten Garten, die Sonne sandte gerade erste zarte Strahlen durch das dichte Laub der Hecken und Sträucher, und sie wusste, dass sie jetzt sofort ins Badezimmer gehen und in einen Spiegel blicken musste. Sie wollte sich sehen. Sie wollte ihr dummes Gesicht sehen und die dummen, bernsteinfarbenen Augen, auf die sie sich immer so viel einbildete, und sich fragen, ob sie vielleicht träume.

Aber sie träumte nicht. Und ihr Gesicht sah müde aus und blass. Es war nicht das hübsche, kesse Gesicht der netten Karin Krüger, frisch und unschuldig wie der junge Morgen und voller Unternehmungslust. Es war das Gesicht einer Frau, die sich treiben ließ, die in eine Sackgasse geraten war und sich unfähig wähnte umzukehren. Oder war sie doch fähig, umzudenken und ihr Leben neu zu ordnen? Nachdenklich betrachtete sie ihre alte Puppe aus Kindertagen, die auf dem Fensterbrett saß und eine verstaubte Schleife trug. Jürgen kam ihr in den Sinn, ihre endlosen Streitereien, ihre Freundinnen von früher, die sich mehr und mehr zurückzogen, und der geradlinige Johannes, dessen Ausdruck in den Augen sie sich lebhaft vorstellen konnte, wenn er seinen Garten betrat und all die verdörrten Blumenleichen sah.

»Du dumme, dumme Gans«, sagte sie angewidert, warf einen letzten Blick auf ihr Spiegelbild und machte sich an die Arbeit.

Sie brauchte lange, bis sie die ausgerissenen Blumen entfernt, die Beete wieder glattgeharkt und abgebrochene Zweige und Blüten auf den Müll geschafft hatte. Johannes' Garten wirkte nun wie ein kahlgeschorener, grauer Acker, über den die ersten kalten Herbststürme hinweggezogen waren und der auf den Winter wartete.

»Alle Blumen ein verblühter, kleiner Wunsch?« hörte sie sich fragen, und ihr Herz wurde schwer wie

Blei. Kein Gärtner der Welt konnte am Morgen Blumen pflanzen, die am Abend wucherten und blühten. Und am Abend kam Johannes …

Sie führte ein paar Telefonate. Dann fuhr sie zur Firma Schmidt & Söhne und kaufte ein. Sie schleppte Tüten und Pakete auf Johannes' Terrasse, sie arbeitete lange, es war drückend heiß, aber sie spürte es nicht. Sie aß auch nicht, und sie trank nicht. Als sie fertig war, saß sie ganz still auf Johannes' weißem Stuhl und sah sich um.

Die Nachbarn standen staunend in ihren Gärten, sie schüttelten den Kopf oder lachten.

»Was machen Sie denn da?« fragte ein alter Mann.

»Ich zaubere«, antwortete Karin, »das sehen Sie doch.«

Später schob sie einen Brief durch Johannes' Tür. Dann verkroch sie sich in ihrem Wohnzimmer. Sie beobachtete, wie er, den Brief in der Hand haltend, die Terrasse betrat, sah, wie er sich fassungslos umblickte, kurz zu ihren Fenstern herüberspähte, den Kopf schüttelte wie die ungläubigen Nachbarn ein paar Stunden zuvor, sich auf seinen Stuhl setzte und staunte und staunte.

Denn sie hatte ein phantastisches kleines Reich gezaubert. Leuchtende Blumen aus Papier und Stoff staken in den sauber geharkten Beeten, federleichte Mobiles aus Seide, Gaze und Tüll hingen an Büschen und Bäumen, gelbe und rote Papierstreifen flatterten fröhlich im Wind, Stoffvögel mit buntem Gefieder hingen in dem kleinen Mandelbäumchen, und ein skurriler chinesischer Drachen thronte verwundert auf einer krummen Fichte. Der Garten war so farbenprächtig, wie er es vorher nie gewesen, er war ein geheimnisvoll raschelndes und zart flüsterndes Märchen, allzeit bereit, Feen, Hexen, Kobolde, Riesen und zarte Prinzessinnen zu beherbergen, sollten sie jemals eine kleine neue Zauberwelt suchen, um in Ruhe träumen zu können.

Johannes stand auf, ging umher, er berührte Stoff und Gaze vorsichtig mit den Fingerspitzen, schüttelte abermals den Kopf und wandte sich ab. Karins Augen brannten, als seine Tür sich endgültig schloss und nur der große Drachen zu ihr herübergrinste.

In der Nacht erwachte sie, ihr Herz klopfte bis zum Hals. Ein Fenster klirrte, und eine starke Windbö trieb ihre Vorhänge mitten ins Zimmer. In der Ferne donnerte es. Fast gleichzeitig begann es zu regnen. Sie warf einen Mantel über und lief ins Freie. Sie sah Johannes, der am Boden kniete und all die bunten Blumen, die phantastischen kleinen Girlanden und Figuren aus der Erde zog. Sie lief zu ihm hinüber, sie packte den großen Drachen und trug ihn ins Haus. Dann kniete sie neben Johannes und sah auf seine Hände, über die der Regen lief, der gleiche Regen, der auch ihr über Gesicht und Haare strömte, und plötzlich fühlte sie sich nicht mehr wie eine Frau, die am Ende einer Sackgasse stand und sich wunderte. Sie fühlte sich unter Johannes' prüfendem Blick mehr wie ein zerknirschtes Kind, das Unfug getrieben und gerechte Strafe erhalten hatte.

»Woher kommen all diese Blumen?« fragte Johannes und hielt eine große lila Nelke in Händen, auf der ein weißer Storch mit rotem Schnabel saß.

»Firma Schmidt & Söhne. Papierblumen en gros«, antwortete sie. Er sah sie an. Das Hemd klebte ihm am Körper, der Wind riss an seinen Haaren, er sah wild aus und gar nicht mehr schüchtern.

Dann begann er zu lachen. »Du verrücktes Huhn«, japste er und lachte immer mehr, während er seine nassen Haare aus Stirn und Augen wischte. »Nun ... wollen wir einen von Tante Karins Hinterhofträumen wahr werden lassen?« fragte er. Und er drückte ihr Nelke und Storch in die Hand und schloss ihre Finger darüber. Der Schnabel des Storches färbte ab, rote Farbe tropfte auf ihren Mantel.

Als sie heirateten, steckte sie den zerfledderten Storch in ihren Brautstrauß.

»Sie war schon immer ein bisschen verrückt«, sagte ihre Mutter seufzend, und ihr Vater meinte mit einem kleinen Augenzwinkern zu Johannes, er sei heilfroh, dass sie endlich unter der Haube sei.